JN123357

しずり雪

小網 春美

能登印刷出版部

しずり雪 ● 目次

謡の降る町……5
雨……37
椿の墓……71
葬式の達人……109
しずり雪……145
あとがき……218

謡の降る町

「金沢ではね、空から謡が降ってくるんだってよ」葵が目を輝かせて言った。

仁志の妻の葵がくも膜下出血で亡くなって四ヶ月になる。亡くなったのが五十九歳という若さであったのと、何の前触れもなく突然逝ってしまったせいで、仁志の嘆きといったら、尋常でなかった。

仁志は三年前に勤めていた新聞社を定年退職したあと、再就職の誘いを断り、悠々自適の生活を送っていた。彼の姉たちは、彼が再就職しなかったのを心から残念がった。仕事でもしていれば、妻を亡くした哀しみの気も紛れただろうにと、気の抜けた彼を見かねての思いであった。実際に葵が亡くなってしばらく、仁志はまるであの世とこの世の真ん中あたりで、宙ぶらりんになっているような状態であった。

そんなある晩、熟睡していたはずの彼は何かの気配で目覚めた。

布団の中で身体を硬くした彼の耳の奥底に、奇妙な音が残っていた。だが、耳を澄ましても、聞こえてくるのは掛け時計の時を刻む音だけである。しばらく息を殺していると、確かに妙なざわめきがする。やがて、そのざわめきの中に猫の鳴き声を聞いた。しかもその声は一匹や二匹ではなさそうだ。声は遠い。それにしてもどこから聞こえてくるのだろう。彼には方向感覚がまるで掴めなかった。そういえば、声はいっこうに鼓膜を震わせていない。彼の心に共鳴して聞こえてくるようである。

「いや、あれは猫でない、赤ん坊の泣き声だ」

そう思った瞬間、声は彼が寝ている寝室の真下、洋間から聞こえているのだと、確信した。いや、泣き声だけでない、笑い声だって聞こえる。赤ん坊たちは息が続く限り笑い、「ヒッ」と大息ついては、また笑い続ける。さらに、言葉にならない声、息を吐き出して震わせる唇の音。赤ん坊たちは気ままに声を発しながら、縦横無尽に部屋の中を這いずり回っているようだ。そこはまるで保育士のいない保育所のようである。これはもう、赤ん坊たちのシンフォニーだ。彼は金縛りにあったように寝返り一つ打てない。耳を塞ごうにも塞ぐこともできずに、いつまでもシンフォニーを聴いていた。

それは一週間ほど、夜毎続いた。

それがここ数日間、聞こえてこない。そのせいかどうか、最近になって仁志にもどうやら人並みらしい魂が戻ってきたようだ。つまり、どうにもならないことはどうにもならないという、ごく当たり前の道理が理解できるまでに回復したということだろう。妻を亡くしたという喪失感はいかんともしがたいけれども、諦めるしか仕方がないのだと、懸命に自分に言い聞かせるようになった。

東京に住んでいる姉が、金沢にやってきたのはそんなときだった。彼女が金沢を訪れるのは、この四ヶ月で三回になる。最初は葵の葬儀の時、二回目と今回は一人残された弟を気遣ってのことである。

七十五歳という割には元気な姉が、今回ばかりは疲労の色をにじませて小松空港に下り立った。羽田で、小松空港が悪天候のために飛行機が定刻に飛ぶことができず、二時間も待たされたのだと言って、溜息をついた。さらに悪いことには、小松から金沢に行くにも難儀した。空港まで姉を出迎えた仁志の車が、金沢に戻る途中、雪のために何度も徐行運転を強いられたのである。

「東京はすっかり春だというのに、こっちはまるっきり冬なのね。風は強いし、雪は降ってるし、信じれないわ」

姉は信号のないところで車が止まるたびに、窓に額をくっつけ、目を凝らして雪道を睨んだ。

予定が大幅に狂ったせいで、仁志たちは金沢市内に入ってすぐの回転寿司店で夕食を取った。そのせいで家に着いたのはずいぶん遅く、近所ではもう寝静まった家もあるくらいであった。

仁志は家に入ってもなお寒さに震える姉に、夕食のためにこしらえておいた味噌汁を温めて勧めると、その最初の一口で、姉は満足したように「ああ」と、言葉にならない声を吐き出した。そしてあとはゆっくり味わい尽くしたと思ったら、

「ねえ、仁志、ここを引き払って東京に来ない？」唐突に言った。

姉の思いがけない提案に彼はひどく面食らい、返す言葉がなかった。

金沢に居を構えて三年になる。なにしろここは葵と二人、終の棲（ついすみ）か家と決めて買った家である。妻が亡くなっても二人の家に変わりはない。だいたいが、この家のいたる所に彼女の声が、匂いが、温もりが染みついている。この家を引き払うなど考えられるわけがなかった。しかも金沢は彼女がこよなく愛した町だ。自分が死ぬまでこの町と家に寄り添って生きることが、葵を弔うことだと思っていた。

「金沢は仁志たちが新婚時代に五年暮らしただけの縁でしょう？　だから仁志は名古屋で定年を迎えたときに東京に戻るつもりだったのに。それを葵さんの我が儘で金沢に来てしまったんだわ。私、あのときから不満だったのよ。歳を取ってからはね、親戚のいない所に住むものじゃないわ。それでもね、子供でもいれば別よ。子供がいない上に、奥

さんが先に死んだんじゃお話にならないわ。男やもめが一人、こんな所でどうするのよ」

仁志は姉の顔を見るともなく見ながら、葵の言葉を思い出していた。あれは新婚間もないころだったろう。「あなたとお義姉さんって、本当にそっくりね」、葵の言葉に耳を疑った。小柄な仁志は姉と体型は似ているが、顔に関していえば、とうてい似ているとは思えなかった。ところが今、目の前に座っている姉を見ていると、おかしいほど自分に似ている。思わず頬を撫でていた。

第一に目が似ている。仁志はどうかすると相手を射すくめるほど眼光鋭いときがあるが、普段はしょぼしょぼした細い目だ。一方、若いころの姉は二重のはっきりした大きな目だった。ところが今の姉はどうだ。、情けないほどしょぼついた目をしている。特にかすかに笑ったときなど、自分とそっくりでないか。それに姉は白髪になってから頭を男のように短く刈り込んだ。髪型が同じになって初めて、少し下膨れの顔の輪郭が自分と一緒だと気がついた。

「年老いてからの一人って、本当に寂しいわよ。ねえ、東京においでよ。私の近くにマンションを買ってね」

姉と仁志の間には二人の姉がいるけれども、一人は愛知に、もう一人は島根に嫁いでいる。東京に住んでいるこの姉は若いころに離婚をしていた。一人いる娘は結婚をしてアメリカに渡り、日本に帰る見込みはない。彼女は一人暮らしを始めて二十年以上になっていた。

「東京には徹もいれば清子ちゃんもいるわ」と、彼女は仁志たちの従兄妹の名前を挙げた。「それにね、仁志の友達だってほとんどが東京じゃないの。お父さんお母さんが亡くなったってね、あなたの故郷は東京なのよ。……ああ、寒い。金沢が寒いせいもあるけど、この家が古いからこんなに寒いんじゃないの？　この寒さは普通でないわよ」

そう言って大袈裟に身震いをした。

「そうそう、姉さんが好きなココアを飲もう」

仁志は新聞社時代からコーヒー通で知られていたが、姉と一緒のときは飲むのはココアと決まっていた。彼は幼いときから姉が淹れてくれた甘いココアが特に好きで、成人してからも二人が顔を合わすとココアを飲むのを習慣としていた。前回姉が金沢に来たときに買い求めたココアを棚の奥から取り出すと、小鍋に牛乳を沸かし始めた。

姉はココアに騙されたのか、旅の疲れのせいか、ココアを飲み干すと、あっさり話を切り上げ、客間のある二階に上がった。

翌朝、カーテンの隙間から明るい日差しが差していた。北陸の春は迷走しながらやってくる。今日は昨日までの悪天候が信じられないくらいの晴天になりそうだ。姉は茶の間に入って階段を下りる音が聞こえたと思う間もなく、襖が大きく開いた。姉は茶の間に入ってすぐの所でぼんやり突っ立ち、大きな伸びを一つした。それから

「昨日の話、考えてくれた?」短い髪をかき上げながら仁志をうかがう。

彼は黙って食卓を整える。姉はまだ言い足りないように突っ立っていたが、ブツブツ何やら言いながら茶の間を出て行った。それでも顔を洗って食卓に着いたときにはいつものキリッとした顔に戻って、引っ越しの件にも触れない。

「あら、これ、案外おいしいじゃない」

仁志の作っただし巻き卵をいたく気に入ったようだった。

姉は食事もそこそこに、仁志が止めるのも聞かないで掃除機を持ち出した。彼女は一階の庭に面した窓という窓をすべて開け放った。晴天といっても庭にはまだ雪が積もっている。頬を刺すような冷たい風が、一瞬、家の中を通り抜けた。

「あっ」仁志は思わず声を上げた。葵の匂いや温もりがさらわれていくように思われた。

姉が茶の間から廊下へと、掃除機のうなるような音を引きずりながら、どんどん進め

ていく。玄関脇の小部屋から廊下に戻り、洋間の前まで来たとき、不意に掃除機のスイッチを切った。息を詰めて部屋の前に立ち尽くしている。この部屋ばかりはドアに手を掛けようともしない。

「ねえ、やっぱりこの部屋にお嬢さん方はいらっしゃるの？」

手持ちぶさたに茶の間の前で突っ立っている仁志に向かって、声を張り上げる。

「もちろん、いらっしゃいますよ」

「ああ、いやだ、いやだ。私ね、少し変わってはいるけど、葵さんは嫌いではなかったわよ。まあ、憎めない人だったわね。でも、こればっかりはどうもね。こうもお嬢さん方が多いと、ちょっと気味が悪いわ」と顔をしかめる。

「その部屋の掃除はいいよ。締め切ったままだから、汚れてなんかいないよ」

そう言いながら、仁志はスリッパの音を立てて姉の所まで歩み寄る。姉から掃除機を取り上げてＵターンする。それでも彼の本心は洋間に執着している。これからもずっと、お嬢さん方と同居を続けていくのだろうか。彼女たちに強い愛着を持ちながらも、持てあましているのも事実であった。

階下で初めて赤ん坊たちが騒いだ翌朝、彼は真っ先にこの洋間の前にやってきた。ドアノブを持つ手が強張る。部屋の中に整然と座っているはずの赤ん坊、姉に言わせれば「お嬢さん方」が、深夜の暴走のままに重なり合ったり、床に倒れていたりしたらどうしようと、想像が恐怖心をあおる。それには妻が亡くなってからこの方、「お嬢さん方」をなおざりにしていたという負い目も手伝っている。それでも彼は思いきった。

ドアを開けた瞬間、閉じ込められていた葵の匂いが仁志を包んだ。だが、彼にはうっとりする余裕なんかなかった。

百体にも及ぶ人形に、いっせいに見つめられた。

それらはすべて「赤ちゃん人形」だった。それが正式名かどうかしれないけれども、とにかく本物の赤ん坊とそっくりな人形だ。どの人形も愛くるしい目をしている。だが、どんなに愛くるしくても、こんなにたくさんの目に見つめられたのでは、「目」に溺れてしまいそうだ。それでも、彼は安堵の息を漏らした。人形たちに動き回った痕跡がどこにも見当たらなかったからである。

人形には人の魂が宿ると聞いたことがあるが、それは本当だろうか。人形に葵の魂が宿っているといいのだがと思う一方で、こうも人形が多いと、それも困りものだ。自分は百にも増殖した葵の魂に絡め取られて息もつけなくなる。いずれにしても、どうも人形というものは摩訶不思議な力を持っていそうだ。だから、いっそ姉が洋間を開け放ち、人形たちを強制的に撤去してくれたならどんなに気が楽になるだろう。

だが、ついにそれはかなわなかった。姉が滞在した三日間、「お嬢さん方」の部屋はとうとう開けられる機会はなかった。彼女は三日間ずっと、「東京に帰っておいでよ」と言い募り、「私のために」と懇願せんばかりであった。

姉の言葉にいっこうに聞く耳を持たなかった仁志の気が変わったのは、姉が小松空港の搭乗口に向かったときだ。若作りをしているが、その後ろ姿に老いがはっきり見えている。

「姉さん」

振り返った姉に彼は優しく微笑みかけた。

「姉さんがそれほど言うんだから、僕、東京に帰ったっていいよ」

立ち止まった姉は、指を立ててVサインを送り、にっこり笑って彼の視界から消えた。

一時の感情からつい東京行きを口にしたばかりに、仁志は翌日にはもう、後悔していた。金沢を去ることは、葵を裏切ることになる。それに、東京のマンション暮らしでは、百体もの人形を持ち込むことは無理だろう。

人形の行く末を案じる仁志の足は、独りでに洋間に向かった。おずおずドアを開ける。相変わらず百体の人形に出迎えられた。テーブルやソファ、サイドボード、人形たちは家具という家具の上に行儀良く座らされている。その人形たちが彼を凝視する。さらに、家具の上に収まりきれなかった人形たちは床から彼を見上げる。その人形たちの隙間に、ロッキングチェアーがしんとして置かれてあった。これは葵の指定席だった。彼は初めて彼女の指定席に座った。

手当たり次第に人形を引き寄せる。人形たちが次々と膝の上に折り重なっていく。両腕を精一杯に広げて闇雲に人形たちを抱きしめる。だがやがて、愛しさが次第に消えていく。この人形たちの誰にも、葵の魂が宿っていないではないか。人形たちは優しい目で微笑みながら、その体温ときたら、恐ろしいほど冷たかった。

仁志と葵とは見合い結婚であった。

「マスコミの仕事をしていると、無条件にもてるんだ」と豪語する先輩がいたけれども、彼はそんな恩恵にあずかることはなかった。身長が女性の平均くらいしかなかったのが一番大きな原因だったろう。彼は新聞社ではやり手だと評判だったが、仕事を離れると底抜けに優しいところがあった。それが女性に気弱に見えたせいもあっただろう。女性の友達は大勢いたけれども、恋愛まで発展することはなかった。

仁志が東京本社勤務のとき、上司の紹介で生まれも育ちも東京の葵と知り合った。仁志が三十二歳、葵が二十八歳だった。

葵は美人でもなく個性的でもなく、地味で、したがってまったく目立たない女性だった。だが、仁志は最近の女性の奔放さに辟易していたので、見合いの相手を一度に気に入った。身長が彼よりも五センチくらい高かったが、それがかえって好ましく思われた。

それから間もなく、仁志が金沢に転勤が決まったので、交際期間のほとんどないまま二人は結婚をした。

葵は結婚前に一度も仕事に就いたことがなかった。さりとて「お嬢さん」というほどの家柄の娘でもない。彼はそれを不思議に思っていたが、一緒に生活を始めると、すぐにその訳がわかった。彼女は一流の大学を卒業したというのに、現代人としての気概というものに欠けているのだ。つまり、現代の女性としてどうも成熟していないようなのである。彼は政治や環境問題の話などを好んでしたが、彼女はいっこうに話に乗ってこない。それればかりか、夫が新聞記者だというのに、新聞を読むといえば、社会面かテレビの番組欄くらいである。彼女は時間さえあれば、裁縫をするか、静かに小説を読んでいた。彼が知る限り、それは純文学であったが、その小説がどれほど彼女の心深く入り込んでいくのだか、見当がつかなかった。彼は結婚をしたならば、お互いを高め合う夫婦でありたいと願っていたが、それは無理な話であった。

　だがやがて、仁志は葵にはほかの女性に決して見つからない、美しいところがあるのを発見した。彼女は童女のように無邪気で、素直で、単純な心の持ち主であった。

　結婚をして初めての葵の誕生日に、彼女が選んだプレゼントは千円ほどのイヤリングだった。

「ボーナスだってもらったんだ、ダイヤだってパールだって、遠慮するもんじゃない」

　彼はしきりに言ったけれども、何度訊いても彼女が本当にほしい物は、一ヶ月ほど前にデパートで見つけた、赤いガラス玉のイヤリングでしかなかった。そしてとうとうそのイヤリングを手にしたとき、突如として歌いながら踊り出した。それは幼い子供が歌うようにでたらめで、踊りもお世辞にも上手とは言えない。ただひたすら、「ありがとう、ありがとう」と歌いながら、部屋の中をぐるぐる回るのだった。

　金沢に来て、彼の心配の種はそんな葵が、この地に馴染むことができるかどうかであった。だが、それは全くの杞憂であった。

社宅が寺町台にあったせいで、窓から眺める眼下の景色は胸がすくほどの広がりを見せている。何といっても目を惹くのは犀川で、まるで川音が聞こえるように雪解け水をたたえた流れは、大きなカーブを描いて犀川大橋の向こうに消える。昼下がり、川向こうでは西日を受けて濡れたように輝く黒瓦の家並みが、果てしなく続いている。

葵が最も愛したのはこの社宅から眺める景観だった。それに彼女は金沢の、いたる所にある裏道をも愛した。そこには時代に取り残されたような古民家がひっそりと建っていたり、大正ロマンを思わせる洋館があったり、時代がかった板塀からのぞく深閑とした庭があったりした。彼女は城下町の面影を色濃く残す金沢に、すっかり魅了された。

そんなある日、誰から聞いたのであろうか、葵が少し興奮気味に仁志に言った。

「ねえ、金沢ではね、空から謡が降ってくるんだってよ」

それなら彼にも聞き覚えがあった。百万石の城下町であった金沢は加賀宝生流の能が盛んで、未だに謡を習う人も多い。それでどこかの二階家で口ずさんだ謡を、たまたま耳にした人が、「空から謡が降ってきた」と表現したのでないだろうか。

葵はそんな情趣をたいそう好んで、いつか自分も直接聞いてみたいと、しきりに言うのだった。だが、そんな機会は簡単には訪れなかった。

金沢の生活に馴染むにしたがって、葵の金沢好きはいっそう強くなっていったし、彼女の無邪気さもますます発揮されていった。

兼六園近くの喫茶店に入ったときのことだ。それは当時にしては珍しく、古民家の幾部屋かを喫茶店にしつらえた、郷愁を誘う店であった。少しガタのきたソファから眺める坪庭も情趣がある。その喫茶店をいたく気に入った葵だったが、突然、

「ここは何て居心地がいいんでしょう。ねえ、私、ここに泊まりたいわ。是非そうしましょう」と目を輝かせる。

「おいおい、待ってくれよ。ここは喫茶店であって、旅館でないよ」

そう言って躍起に止めたにもかかわらず、彼女は聞く耳を持たない。すぐに立ち上がると店主に近づき、何やら掛け合っていたと思ったら、しょんぼりと席に帰ってきた。彼は店主がこちらを好奇な目で見たような気がしたけれども、気に留めないように努めた。

何かを思いついたらすぐに行動に移すのは、葵が子供のようにこらえ性がないせいかもしれない。食事をしながらテレビを観ているときもそうだった。急行電車で二駅ほど向こうの町で、大道芸をやっているというニュースが流れた。それを聞いた葵が、

「ね、ね、大道芸を観に行きましょうよ」と突然言い出した。

食事はあらかた終わっていたが、いつもの食後のお茶は期待できそうもない。洗い物はすでに葵の頭にない。気がつくと、彼女は出かける支度を始めていた。

二人で出かけるとき、葵はいつでも寄り添うように腕を絡ませてくる。ところが彼女の方が上背があるので、どうかすると仁志の方が妻に寄りかかっているように見られる。たまたまそれを目撃した同僚に、よくからかわれたものだ。

仁志は酒が入っていたので、大道芸をやっている町まで電車で行った。大道芸は駅前通りで繰り広げられているようで、電車を下りると、町の賑わいは駅の構内にも届いていた。棍棒のジャグリング、アクロバット、葵は子供のようにはしゃいで大道芸を次から次と渡り歩いたが、ピエロの所に来ると、もうそこから動こうとしなかった。

このように自分の興味のあることには瞬時に動く葵だが、普段の挙止動作はいたってのんびりしたものだ。そののんびり加減に呆れることもあるが、家事全般に手落ちはない。そうしてみると、神経をすり減らす仕事の仁志には、彼女はまさしくオアシスのような存在だった。

彼らにはいくら待っても子供ができなかった。やがてそれは仁志の側に原因があるとわかった。葵が人形に凝り出したのは、そのころだったかもしれない。三十歳にもなる女性が人形に嵌まるなど信じられなかったし、受け入れがたかったけれども、一方では正直、ほっとしていた。なぜなら、人形に夢中のせいか、妻は一度も「子供がほしい」と言って泣きもしないし、夫を責めもしなかったからである。

それにしても妻の人形好きはいささか度を超している。そう気付いたときには、夥しい数の人形がすでに家のいたる所を占拠していた。思い返してみると、彼女は嫁入り道具にも人形を持ってきたのだった。

結婚を控えての道具入れの日に金沢に手伝いに来た姉が、段ボール箱の中に手垢がついてよれよれの人形を見つけた。彼女は顔をしかめて、「連れ子」と、小さくつぶやいた。それればかりか、のちのち弟夫婦に子供ができないのを、「連れ子のせいよ、きっと」と母親に言っていたそうだ。丸の内でバリバリ働いていた姉は迷信など信じないタイプだが、「結婚をするときにはね、人形を連れてくるもんじゃないのよ。人形が妬いて、子供ができないんだってよ」と、このときばかりは迷信深い女になっていた。

人形好きといっても、葵が好んだのは「赤ちゃん人形」だけである。そのほとんどが本物の赤ん坊と見まがうばかりである。それもすべてが女の子に限られている。男の「赤ちゃん人形」というのがあるのかどうか、仁志にはもう一つ判然としなかったけれども。葵はそんな赤ん坊に自分で縫った洋服を取っ替え引っ替えしては楽しんだ。だから家の中はいつも赤やピンク、黄色の鮮やかな色彩に溢れかえった。彼女はまた、すべての人形に名前をつけた。

「どの子の名前も覚えているの?」と訊ねると、

「そうよ、もちろん全部覚えているわ。だってね、子供の名前を覚えていないお母さんなんていないでしょう。でもね、たまにはお母さんが名前を呼び間違えるように、私だって呼び間違えることがあるわよ」澄まして答える。

彼女は常々「どの子供も平等に可愛がられる権利があるの」と言っているが、彼の目には、どう見たって彼女が贔屓にしている人形があった。寝室に日替わりでそんな人形を持ち込むと、毎夜それを抱いて寝るのである。最初のころは、いくら無邪気な妻が可愛いといって、「それだけは勘弁してよ」と心の中で叫んだものの、文句を言っても詮ないので、それを見過ごしてきた。ところが、いつの間にか彼も妻の世界に引きずり込まれていた。

「今日は私、ユウカちゃんと一緒に寝るわね」

「それじゃね、僕はサクラちゃんと寝るよ」
「あら、サクラちゃんは私と寝たがっているわ。今日は私、特別にユウカちゃんとサクラちゃんと寝るわ。あなたは一人寂しく寝ることね」
「それはあんまりだ、横暴というものだ。サクラちゃんは僕の方がいいに決まってるじゃないか」

それから二人で人形の奪い合いが始まる。だがいつも仁志が負けると決まっている。彼はしぶしぶサクラを手放す。そんな戯れ事を部屋の上から見下ろしているもう一人の自分がいる。名古屋支社では切れ者で通っている政治部長、それも定年間近の男だ、「ちょっと頭がおかしくなったのでないか」、もう一人の自分は葵と戯れる仁志を、部屋の上から苦々しく思いながら俯瞰しているのであった。

仁志は五十歳になっても六十歳になっても、自分が成熟し切れていないと実感することがあった。それで、人間は形(なり)だけは大人になっても、子供の親になり、子育てを通してようやく本物の大人になれるのだと思うことがあった。その一方で、葵を見ていると、たとえ子供がいたとしても、彼女は永遠に子供のままでいたに違いないと思ったものだ。子供がいないのは、神が仁志たち夫婦に与えた、恩恵だったのかもしれない。

そんな葵だったから、仁志が定年を迎え、金沢に家を買ったときに、真っ先に人形たちの部屋を確保した。築四十年ほどの中古の家には五部屋あり、彼女は一つきりの洋間を人形の部屋と決めた。和室では人形たちが居心地が悪いとでも思ったらしい。

仁志は初め、建て売りでもいいから新築の家を買うつもりでいたが、葵は中古の家にこだわった。新婚当時、城下町としての古い町並みに魅了された彼女は、古風でいかにも金沢らしい家を求めていた。そして瓦屋根と格子戸のある門が決め手となって、この家を選んだのである。

金沢の新しい生活に慣れると、葵はやがて大きなトートバッグに人形を忍ばせ、古い町並みを散策するようになった。時にバッグから人形の顔がのぞくことがあるので、仁志が見咎めると、

「あら、孫に届けるのって言えば、何てことないわ」にっこり笑った。

金沢の冬は早くやってくる。十一月になると早くも冬支度が始まる。

仁志が葵と一緒に長町の用水沿いに歩いていると、江戸時代に建てられた家だろう、人目を惹く邸宅の庭で、庭師が松の木に立て掛けた梯子に登り、雪吊り作業をしているところに出くわした。初めて見る作業に、二人とも足を止めたそのときである。

謡が空から降ってきた。

印半纏を着た庭師が謡を口ずさんでいるのだった。それは錆のきいた声で、悠長に、伸びやかに、流れるようであった。

「ねえ、近くにマンションの良い出し物があるの。近いうちに一度見に来ない？」

姉から電話があったのは、彼女が金沢を訪れて一ヶ月もしないうちだった。姉が仁志のマンション探しに奔走するのは予想できたはずなのに、彼には不意を突く電話であった。

「東京には間違いなく行くけどさ、そんなに簡単に身動きできないじゃないか。心の準備だっているし、一軒家を構えていると引っ越しだって大変だ。それに、僕には大勢の娘がいるんだ。姉さん、娘たちの嫁入り先を探してよ、そうしたらすぐにも東京に行くからさ」

たとえ姉でも人形たちをゴミ箱に捨てろとは言えないはずだ。仁志にしたら「どうだ」と言わんばかりの言葉である。だが、姉は一枚上手だった。

「それそれ、私だって考えないわけじゃないわよ。それでね、お嬢さん方の行き先を見つけたわ。金沢にだって人形供養をするお寺があるでしょう？　そこに持って行きなさいよ」

「人形供養か」

金沢を去りがたい感情はどこへやら、姉の妙案に思わずうなった。

姉がこうして東京への道筋をつけてくれているのだ。自分でもいよいよ腹をくくるときだと言い聞かせる。すると、彼の脳裏に東山の寺院群が浮かんだ。

金沢に居を構えて間もなく、葵と一緒に卯辰山山麓にある東山の寺院群を散策したことがあった。文学散歩のガイドブックを片手に、泉鏡花ゆかりの寺を回ったが、その中に思いがけなく人形供養をする寺があるのを知った。人形供養といえば、当然葵の興味を惹く。二人でその長い階段を上った記憶が甦った。

姉から電話をもらった翌日、仁志は東山に向かった。

東山辺りは金沢特有の細い道が迷路のように入り組んでいる。坂道も多いが、車で行くとかえって面倒だ。倉庫から自転車を引っ張り出した。寺の名前も覚えていないが、たかだか三年前のことだ、向こうに行けば難なくたどり着けるだろう。

金沢は今が桜の見頃である。自転車を走らせるのに快適な昼下がりだ。だが、車一台やっと通れるような細い裏道を走っていると、ずっと前に降った雪が、日当たりの悪い塀の下などに残っている。さらに走って浅野川を渡り、茶屋街に入る。茶屋街は最近すっかり様変わりして、映画のオープンセットのようになった。観光客目当ての店が増えて、何だか媚びた街になってしまった。

少し行くと、「加賀棒茶」の茶色い幟が目に止まった。店の前まで自転車を走らせると、小さい店構えに見覚えがある。そうそう、新婚時代に東山に来たときにも同じ幟を目にしたと思い出す。

「加賀棒茶」とは加賀で飲まれる茶の茎を煎じたものだというのは、今の彼には常識であるが、あのとき「棒茶って何だろう」と二人で顔を見合わせた。すると、葵がいきなり店の中にずかずか入っていく。彼女はすぐに店から出てくると、棒茶の何たるかを彼に説明をした。あのとき驚かされたのは、葵が何の躊躇もなく店に入っていったことだ。仁志は職業柄、何にでも疑問を持ち、疑問に思ったらそれを解明すべく、人に訊いたり調べたりするのを常としている。ところが新婚の妻に先を越されたわけだから、彼としたら、何とも複雑な心境だった。

そんなことを思い出しながら茶屋街を横切る。しばらく行くと、観光客はここまで足を伸ばさないようで、閑散として、時代に取り残されたような家並みが現れる。間口の狭い家々が軒を並べ、中には格子戸のある家もある。その間をずんずん進んでいく。だが、どうしたことだろう、進むうちにまったく見知らぬ町に来たような感覚がした。以前ここを訪れたのは、三年前だというのに、どこを見回しても見覚えがない。まるで異次元の世界に入り込んだみたいだ。額から汗がにじみ出てくる。

目の前に仕舞屋（しもたや）ふうの家があった。彼は次元をまたぐように、息を詰めてその家の玄関をまたいだ。

「この近くに人形供養をする寺があるはずなんだけど、どこか知らないかなあ」

応対に出た若い男に尋ねた。

「えっ、人形供養ですか？」男は頭を掻いた。

「その寺には急な階段があって、ザクロの木があるんだ」

「ああ、それなら鬼子母神さんやろう」

「そうそう、鬼子母神の寺だったね」

忘れていたのが不思議なくらいに、「鬼子母神様のお乳」がはっきり目に浮かんだ。

「鬼子母神さんなら、この家を出て真っ直ぐ行って、最初の角を左に折れてすぐの真成寺さんですよ」指を差して教えてくれた。

男に礼を言って家を出ると道なりに自転車を走らせる。だが、男が教えてくれた通りに左に折れてもそれらしい寺は見当たらない。少し行くと、大きな欅の下に、虻絣の着物を着た、頭が真っ白で嵩の小さいお婆さんが茣蓙の上にちょこんと座っている。彼は自転車から下りた。

「お婆さん、真成寺さんはどこですか？」

「あんたさん、飴食べまさらんけ？」

お婆さんは仁志の問には答えず、にこにこしながら彼の掌に飴を一つ載せてくれた。口の中に飴を放り込み、根気よく真成寺の場所を聞くうちに、何とかその場所を聞き出すことができた。

自転車にまたがり少し行った所で、不意に、三年前にも同じことがあったはずだと思い出した。もっとも、飴をもらったのは仁志ではなく葵だったが、大きい欅といい、虻絣といい、茣蓙といい、三年前と寸分違わぬ情景である。そうすると、あのお婆さんは三年間ずっと同じ着物で、同じ姿勢のまま座り続けていたのでないかと、振り返る。だが、欅の下にはもう誰もいなかった。

そこから真成寺まではすぐだった。寺の山門の所に「鬼子母神様のお乳」があるはずだ。急な階段を登り詰めると、自分の記憶が裏打ちされる。間違いなく山門の柱と扉に、それは見つかった。「鬼子母神様のお乳」というのは、山門に打ち付けた釘を隠すための釘隠しが、お椀を伏せたような形で、その上に小さな突起まであるので、まるでお乳のようだということで、そう名付けたらしい。

そのお乳からも葵が思い浮かぶ。鏡花の『鶯花径（おうかけい）』に「ふっくりした円いもののついた頭を、戯れに吸ひ吸ひした」という一文がある。それをガイドブックで読んだ葵が、身をかがめて、いきなりお乳に吸い付こうとした。彼はひどく面食らい、必死で引き留めたのは言うまでもない。

「あら、どうして？　だって鏡花もこのお乳に吸い付いたかもしれないのよ。これって、すごいロマンだと思わない？」

葵は無念を顔ににじませて、山門から離れたのだった。

彼はそのお乳をちょっと掌で撫でてから、本堂に向かった。

賽銭を投げ参拝をすませてから何気なく本堂をうかがうと、すぐそこに女が座っている。女はセーターか何かをたくし上げて、赤ん坊にお乳を飲ませている。その顔はよく見えないが、その乳房だけははっきり見える。暗い本堂で、そこだけに光が当たっているように、ふくよかな乳房がほの白く浮かび上がって見えた。

女がこちらを向いたのであわてて訊ねた。

「あのう、お寺の方ですね？　ちょっと、人形供養のことでお尋ねしたいんですが」

「今、こちらの人を呼んできます」女は無造作に乳房をしまうと、奥に入っていった。

女の後ろ姿を目で追いながら、「あれ？」、思わず口を突いて出た。女がお乳を飲ませていたのは人形でなかっただろうか。まさか。彼は自分をあざ笑った。ここが人形供養をする寺なので、そう錯覚したのだろう。

そのときであった。

「私の赤ん坊たちはね、いつかこのお寺に来て、みんな、鬼子母神様のお乳を飲んでから旅立っていくのよ」不意を突いて聞こえたのは、葵の声であった。

仁志は葵の声をもっと聞こうと耳を澄ましたが、それきり何も聞こえない。辺りは恐ろしいくらいに深閑としている。生ぬるい風が通り抜けていった。

あれは幻聴だったのか、

「ようういらっしゃいました」

良く通る女性の声で、仁志は我に返った。五十がらみの品のいい女性が奥から出てきた。

彼女は訊ねられるままに、人形供養が行われるのは四月二十九日だと教えてくれた。それなら一ヶ月も待つ必要はない。仁志は頭の中で人形を持ち込む算段をしてから彼女に事情を話すと、女性は彼がすぐに引っ越すと勘違いしたらしい。

「百体も人形があるんでは、お困りでしょう。引っ越しに邪魔ですものね。幸いお寺は広うございます、明日にでもお持ち下さい。ほかの人形と一緒に読経も献花もしまして、ちゃんと供養いたしますから、どうか安心して、持っていらっしゃいませ」

親切にそう言ってくれたので、いずれ近いうちに人形たちと別れなければならないのだからと、明日人形を持ってくると約束をして、お寺をあとにした。

いよいよ人形たちと別れるのだと思うと、胸が押しつぶされそうだ。布団に入ってもなかなか眠れない。それで階段を下り、茶の間で寝酒を飲み、再び寝室に戻った。それでも何だか胸元に冷たい風がすうすう吹くようで、心許なくて寝付けない。

足音を忍ばせてもう一度階段を下りた。そっと洋間のドアを開ける。一瞬、二百の目に睨まれたような気がして後ずさりしたが、勇気を絞って中に入った。ほとんど目をつむったままで、この辺りだったかと、ユウカを鷲掴みにした。

ユウカを抱いて布団に入る。しっかり抱きしめると、愛しさが両手を伝って胸まで迫り上がってくる。自分がまるで葵になったような気分だ。いや、ユウカが葵のようでもあり、次第に訳がわからなくなっていった。

突然、階下が騒がしくなった。赤ん坊たちの泣き声、意味不明の言葉、そのうちに赤ん坊たちは一列を組んで移動を始めたみたいだ。家の玄関からぞろぞろと往来に出て行くようである。

仁志はいつしかまどろんでいた。夢と現実の狭間で、彼は百人の赤ん坊たちの姿を目で追っていた。赤ん坊たちは順番を待ちながら次々と「鬼子母神様のお乳」に吸い付いている。ふと気付くと、仁志の懐は空っぽになっていて、そこにいたはずのユウカが、無心にお乳をむさぼっているところだった。

空には星の一つとてない。暗い空に赤い雲が帯状に流れていく。そのときに、どこからともなく謡が聞こえてきた。

終の宿りは知らせ申しつ
常にはとむらひ
おはしませと

その声は太く、高らかに、厳かに、空から降ってくるようだ。謡は彼の心に染み込んでいく。

ユウカがお乳を飲み終えるのを見届けた仁志に、無言の闇が下りてくる。すると、これまでに味わったことのない切なさが仁志をすっぽり包み込んだ。それから彼は、哀しみの底にゆっくりと沈んでいった。

雨

「ガロア」その飲み屋の前を何度も通り過ぎているのに、まったく記憶に残っていなかった。

「あっ、ガロア」と友達が呟いていなかったならば、ガロアは永久に乙崎紀葉(きよう)と無縁であったかもしれない。

金沢の繁華街近く、家の立て込んだ住宅街の一角に細いＹ字路がある。それはＹの字に収まったような、三角形の小さな飲み屋であった。剥げかけた黄色のペンキを塗った建物は、屋台と変わらないくらいに貧相で、そのくせ妙に住宅街に溶け込んでいた。

「ガロアって、フランスの数学者の名前よ」

いかにも高校の数学教師らしい友達の言葉につられて見上げると、「GALOIS」と、オレンジ色のネオンが点っていて、そこだけはいかめしい。友達がふっと笑いを漏らしたのは、おそらく店の様相と名前とのギャップのせいだったろう。

彼女がそれから数日後にガロアの暖簾を潜ったのも、こんな一杯飲み屋に、「ガロア」と名前をつけた店主に興味を持ったからだった。

重い戸を開けると、一瞬、そこはセピア色の世界ではないかと思うほどに暗かった。仕事帰りのサラリーマンが立ち寄ってもおかしくない時間だが、一人の客もいない。

「いらっしゃい」

野太い声に出迎えられが、店主はちらりとこちらを見ただけだった。にこりと笑ったような気もするが、それも一瞬だったようで、気がついたときにはもう、その顔は強ばっていた。

六十代半ばか。上背もあり、かなり体格はいい。お腹が丸みを帯びて大きいが、筋肉質なのだろう、肥満体というわけではなさそうだ。暗がりの中でも顔が黒く、えらが張っているのがわかる。短く刈り込んだ髪が丸まっているのは、天然パーマのせいかもしれない。

店はL字型になったカウンターがあるばかり、十人は座れまい。おそらく満席になることがないのだろう、その右手の隅に雑誌や新聞が高く積み上がっている。もう三月の末になるのに、まだ寒い。二台の石油ストーブがあるけれども、一台が頼りなく燃えているだけである。

コートを着たまま左手奥の、堅い椅子に腰掛けて

「熱燗を」と注文する。

店主が返事をしたのかどうか、すぐに無骨な手がにゅっと出て、目の前に小松菜らし

いおひたしが出てきた。

「一人?」ぼそっと訊ねられ、

「ええ」憮然と応える。

答えてから、「連れはいないのか」と訊ねられたのだと気がついたが、紀葉はとっさに、「独り者か」と訊ねられたのだと思ったのだった。先月にはとうとう五十歳になった。結婚をしないままこの歳になってしまった。自分でも信じられない年齢だ。

お酒はアルミの容器に入ったまま出てきた。お酒の蒸れた匂いが鼻をくすぐる。目の前にぐい飲みの入った籠があり、その中の一つを無造作に取り出す。いずれにしても安物のぐい飲みばかりだ。また、にゅっと手が出てきて、今度はマグロか何かの角煮が供される。

店主はあとは勝手にしてくれと言わんばかりに、カウンターの中で腰掛けると、本を読み始めた。数学の本だろうかと興味をそそられるが、何の本かわからない。そもそもこの男とガロアは結びつかない。この店に来たのは間違いだったと思いながら角煮を頬張ると、想像通りうまくない。ぼちぼち飲んでいると、ついに客が入って来た。

「いらっしゃい」さっきとはずいぶん違って朗らかな声で迎える。

入ってきた小柄な坊主頭の男は、店主よりも少し年上くらいか。筒袖着物にマフラーをして、もんぺのようなだぶだぶのズボンを履いている。眉毛が長く垂れ、そのとぼけたような表情といい、世捨て人のような 雰囲気がある。

「南さん、蕗の薹を採ってきたよ」男が淡い黄緑色の透けたレジ袋を振りかざす。

そうか、ガロアの店主の名前は南というのだと思う。

「ああ、蕗の薹かね、嬉しいね」いかつい顔に笑みが浮かぶ。

男は紀葉との間に椅子二つ挟んで座り、店主から渡されたおしぼりで顔をごしごし拭った。

紀葉はこれが潮時かと立ち上がる。

「おいくら?」

「今すぐね、蕗の薹を天ぷらにするから、食べていかない？　うまいよう」

期待をしたわけではないが、勧められて座り直した。天ぷらが揚がるまでにお酒のおかわりをして、その間、紀葉から話すわけでも、店主から話しかけられるわけでもない。だが、店主と世捨て人は饒舌である。二人の会話を聞くともなく聞いていると、数学ではなく文学の話になった。高校で国語の常勤講師をしている紀葉とすれば、そんな話ならこちらの独擅場でないかと耳を立てていると、どうも様子が違う。

「そうそう、この間、南さんに借りていったハマグチクニオの詩ねえ、やっぱりいいね。やっぱり労働者階級の詩は、こっちの胸にずんと響くねえ」

「だろう？　下川さんなら、絶対気に入ると思ったよ」

店主は頭を上げないまま笑顔で応える。

ハマグチクニオは現代詩の詩人なのかどうか、話が現代詩に及ぶと、ますますついていけない。ようやく出された天ぷらは思いの外おいしかったが、いっこうに気分が優れない。「酒の席で話す内容か」と心の中でうそぶいてみたところで、自己嫌悪に陥るばかりだ。ところが紀葉はどうしたわけか身体が椅子に貼り付いたみたいに、長尻になってしまった。気がつくと、二時間も飲んでいた。彼女が店を出るまで、世捨て人のような下川という男のほかには、とうとう客は来なかった。

翌朝、目が覚めると頭痛がしていた。というよりも、頭痛のせいで目が覚めたというのが当たっているかもしれない。久々の二日酔いだ。休もうかと、一瞬思ったけれども、そんな甘えは許されないのだと、頭を軽くたたきながら身体を起こす。ふと、昨夜のガロアの暗い店が浮かび上がった。ずいぶん飲んでいたものだと不思議の感に打たれる。

パジャマのままハンドバッグを引き寄せると、財布の中を探った。ガロアでは二千円を払っておつりを貰ったというのは記憶通りだった。何て安いと思ったが、あの店ならこんなものかと、苦笑が漏れる。

今日は校長から分掌の内示があるはずだ。進路指導などに追われる三年の担任にならなければ良いのだがと、思いを巡らす。これが正教員ならば文句のつけようもないが、講師には不当な仕事だと思ってしまう。

私立高校に勤めて二十年近くになる。いつかは正教員になれると期待をしていたが、講師のままここまで来てしまった。少子化のせいで生徒が減少している現実を考えると、これから先にも期待は持てまい。

重い身体に一本筋が通るような、冷たい水で顔を洗った。

また、何とはなしに足がガロアに向いていた。四月から二年の担任になった。三年の担任にならなくて良かったとほっとしたものの、新学期の忙しさはただ事でないし、何につけても不満が多い。

紀葉が住むアパートからガロアまでは、勤務先の高校とは反対の方向になるので遠く感じられたが、十五分ほどで着いた。九時を回ったばかりである。

　重い戸をギシギシ言わせながら開けると、いっせいに振り向いた四、五人の男たちによって、出迎えられた恰好だ。この店はどうやらこの時間ならば、そこそこ客がいるらしい。一瞥したところ、いずれもむさ苦しい男たちばかりである。

「いらっしゃい」今日の店主は以前とは明らかに声音も顔付きも違う。

　この間の奥の椅子に座りたかったが、客の後ろを通る隙間もない。しかたなく二人の男の間に腰掛けた。片方の男は下ろし立てなのか、糊の利いたような作業服を着ていて、もう片方は毛玉のできたセーターを着ている。両方とも四十代くらいに見える。そんな男たちに挟まれた恰好なので、息が詰まりそうだ。

「熱燗でいい?」と訊ねられ、「ええ」と返事をしたものの、ここはやはり私の来るところではなかったと、早くも後悔している。少なくとも、三十代までの紀葉ならば、まず足を運ばなかった店だ。

　やがて熱燗ときんぴらゴボウが出てきて、肩をすぼめて飲んでいると、戸をガタガタ言わせて入って来たのは、あの下川という男だった。着ているものはこの間とまったく変わらない。

「待った？」

下川は奥に座っている二十代と思われる男に声をかけた。男は前に紀葉が座ったのとは反対側、雑誌などを高く積んだ手前に窮屈そうに座っていた。下川は男の隣に腰掛けた。差し出されたおしぼりで顔をこすりながら、店主に話しかける。

「南さん、この子がこの間話してた友野さん」

すると店主の南は

「あんたかね、庭師をしてるというのは」ニタニタ笑いながら男に語りかけた。

「まだ庭師見習いです」友野と紹介された男が遠慮がちに応える。

また、南がニタニタ笑ったように見えたけれども、侮った笑いではなく、どうやら男に好意的であるらしい。

「下川塾の第一期生なんだよね」

「はあ」南の問いに、友野という若い男は曖昧に応えただけだった。

「あら、下川さんって、塾の先生なんですか？」

紀葉はあまりの意外さに思わず口を挟んだ。そんな自分に驚きつつも南を上目遣いで見ると、彼はまたもやニタニタと笑っているだけで、答えようとしない。すると、隣に

座った毛玉のセーターが、

「下川さんって、ああ見えて東大を出てるんだ」うつむき加減でぐい飲みを口元に運びながら、独り言のようにつぶやいた。

「ええっ、そうなんですか?」

思わず口にすると、毛玉の男のあとを引き取って応えたのは、もう片方の隣に座った作業服の男だった。

「東大の法学部だってよ。それからね、ここの南さんだって立派な国立大学を出てるんだ」

「立派な」というのに笑いが零れそうになったのをこらえて、改めて南の顔を見てしまった。

両隣の男とはこれがきっかけとなり、たわいのない会話を交わしているうちに、作業服の男が印刷屋を営み、毛玉の男が画家であることがわかった。紀葉のこれまでの人生の中で、芸術家という者がいなかったので、新鮮で興味を引かれた。二人とも四十代と思っていたが、話の節々から、どうも五十代半ばらしい。

下川は友野と一緒にどこかに行くらしく、早々に店をあとにした。すると、南が彼らの出ていったあとを目で追いながら、

「友野って子ね、あの、友野の長男だよ」ぼそりとつぶやいた。

「えっ、もしかして、友野達之の？」作業服が驚きの声を上げる。

驚くのは無理ない話で、友野達之といえば、金沢出身の代議士で、しかも近い将来大臣になるのでないかと目されている男である。

「ああ、あの長男坊は中学のときに登校拒否になってね、さすがの友野も手を焼いて、回り回って下川さんに預けることになったんだってよ」

「それで、下川塾を？」作業服が訊ねる。

「いや、塾というほどちゃんとしたものでないんだ。そのころ、生徒は友野の息子一人だったからね」

「それよりも、友野の息子は高校は卒業できたの？」

「下川さんの力だねえ。何とか高校は卒業させたんだけど、親の期待を裏切って、庭師になろうってわけさ」

「親の期待につぶされたんだろうね」口を挟んだのは、ずっと無言で飲んでいた別の客である。

「それでも、庭師はいいよ、僕は好きだなあ」

南が言って、興に乗ってきたところで、話の流れは友野達之から政権与党の方へと、変わっていった。飲み屋では政治と野球の話は禁物だと聞いたことがあるが、ここではそんなことは関係ないらしい。話の中心にいるのは南で、客たちが気ままに話に加わる。そうこうするうちに新しい客が入って来て、それをきっかけに画家で毛玉の男が立ち上がる。支払いをすませると、

「じゃあ」と紀葉に声をかけ、ぎこちない笑顔を残して立ち去った。

入って来た男が立ったままで南に声をかける。

「あれ、今日は下川さん、いないの？」

「ついさっき、連れと一緒にどこかに行ったよ」

「下川さん、昨日僕の店に来てくれたんだけどね、マフラーを忘れていったんだ。ここに来ればすぐに返せると思ったんだけど」言いながら、ついさっきまで画家が座っていた椅子に腰掛ける。

「なあに、うちで預かっておくからいいさ。どう？　トンガ料理の店は繁盛しそう？」

「トンガ料理？」紀葉は訊きながら、そう言えば、この男はトンガ人に見えないこともないと思っていると、男が笑みをこぼしながら、

「僕、日本人だから」と、こちらの心を見抜いている。

「トンガに十年ほどいたら、こんな顔になったんだ」と、冗談とも本気ともわからないことを言う。

「トンガ料理の店をオープンしたんだ、おいしいから一度来てみてよ」

名刺を紀葉に渡して勧めるので、

「トンガ料理って、おいしいの？」と訊ねると、

「それがいっこうにうまくないの」と澄ました顔で答える。

どうリアクションして良いかわからないでいると、南が
「トンガ料理ってたいしたことはないらしいけど、そこはこの上ちゃんの腕で、いろんな料理をブレンドして、それなりにおいしいから」とニタニタ笑った。

南の笑いにつられて紀葉も笑いながら、いつの間にかこの店に馴染んでいる自分に驚いた。というよりも、ガロアはただの居酒屋ではないと思い始めていた。

何しろガロアは面白い。紀葉はガロアを知るほどにその魅力に引きつけられていった。

店はオープンして十年ほどらしいが、店主の南と、偶然立ち寄って意気投合した下川、

二人の人柄に引き寄せらて、固定客が次第に増えていったらしい。ともにインテリであることに加えて、独特の個性の持ち主なので、そこに集まってきた人々が面白い。彼らが交わす話が面白い。紀葉が五十年生きてきて、これまでに出会ったことのないタイプの人々である。彼らは一様に生真面目なようでいて、それぞれがどこかズレているような気がする。そのズレが、紀葉を引きつけるのだ。

まず、南の経歴が変わっている。彼は大学を卒業後、十年近く中東を歴訪して、金沢に帰ってくると、そこそこの会社に就職した。就職するとすぐに労働組合に入ったが、やがて組合長になり、組合長になって間もなく、会社が倒産の危機に陥ったそうである。その危機をしのぎ、何とか立ち直らせたのが南で、その能力を買われて、組合長が社長にのし上がったのである。と、ここまではサクセスストーリーだが、それ以降、会社が右肩上がりに業績を伸ばしていくと、創業者一族に裏切られ、会社を追われる身となったのである。その二年後に、ガロアをオープンさせたということである。

南よりも年長に見えた下川は、五歳も若い。彼の経歴は何とも単純である。東大を卒業後、一切の仕事を持たなかった。そのわけは、どうも「人間の根源」に関わる問題らしい。下川塾にしても、塾の看板を掲げているわけではない。どこからも見放された友野の息子のような不登校や、引き籠もりの子供たちがいつの間にか集まってきたようだ。だから、それが生活を支えるに足る収入になるかは疑わしい、というのが、南の見解であった。「それなら、どうやって食べているの?」と紀葉が南に訊ねると、「さあ、かすみでも食べているんじゃないの」と、それが癖なのか、ニタニタ笑うばかりで、いっこうに要領を得ない。紀葉は彼が結婚をしているかどうかなど、訊くまでもないと確信している。

一度、紀葉の隣に座った作業服の印刷屋にしても、今時のオフセットでなく、活版印刷をしているという変わり種である。「昔ながらの印刷屋をしていた友達がね、廃業すると言うんで、手伝いに行ったんだって。ところが、活字を金属業者に売ると言うだろう。もったいないじゃないか、というよりも、奴さん、あの活版印刷の味わいが好きでたまらないんだね。それで、一念発起、印刷屋になったってわけさ。手動の印刷機の使い方を習うのに大変だったらしいけど、今は立派な活版印刷屋さんだ。お客さん?主に名刺や葉書を注文するお客さんらしいね。もちろん、そんなに多いわけはないよ。独身だからね、何とかやっていけるんだろう」、こんな調子であった。

ガロアでは少ない女性客の一人が、二十八歳のブティック店員である。彼女は今でこそブティックの店員に甘んじているけれども、現代アーティストと自認している。つまり、ガロアの常連で、少なくとも芸術家が二人いるわけである。「現代アートなんてまったくわからないわ」と教えを請うても、説明をされるほどに迷路に入り込む。だいたいが、彼女の大学卒業制作からして、不可解である。「図書館の貸し出し本の置き土産っていうのがテーマだったらしいよ」と、南は話しながら、笑った。よくよく訊いてみると、彼女がやったことというのは、図書館から膨大な数の本を手当たり次第に借りてきて、その本に残された、先の借り主の痕跡を丹念に集めただけである。つまり、借り主が返却した本にうっかり残してしまったガムの包装紙、栞、メモ用紙、写真、消しゴムの消しかす、果ては一本の毛髪、そんな物の勢揃いである。それがアートだと言われると、永久に迷路から抜け出せそうにない。

紀葉はこんな連中と肩を並べて飲んでいると、日頃「五十歳になっても結婚もできず、常勤講師に甘んじている女」と肩身の狭い思いをしている自分が、堂々と胸を張っていられるようで居心地が良かった。ここでは結婚しなくても、お金がなくても、将来の見通しが立たなくても、取るに足らない問題だった。

その中心にいるのはいつも南か下川だった。下川はどんなことでも柔らかく受け入れる聞き上手であった。南は初めてガロアの暖簾を潜ったときの印象とは対照的に、実は、饒舌である。紀葉はそんな彼も嫌ではなかった。彼女がガロアに通い始めて日が浅いというのに、常連の内情に詳しくなったのも、この南のおしゃべりのせいである。その代わりに、紀葉がうっかりしゃべったこと、深刻に打ち明けたことも洗いざらい白日の下にさらされるのは充分に想像できたけれども、それも嫌ではなかった。彼を前にすると、自然に日頃の鬱屈した思いを吐露している自分も嫌いではなかった。

南とゆっくり話したいなら、開店早々の六時ごろに来るのがいい。南が酒に付き合ってくれることもある。

「私のこれまでの人生ってさあ、ずいぶん否定されてきたような気がするんですよ。一番に否定したのが母ね。結婚しない女なんて、母にとったら落伍者なんですよ。仕事もそう。『あなた、いつまで常勤講師でいるつもり』って、そりゃあうるさいんです。『結婚できなくても、せめて安定した仕事でも持っていればいいけど、いつ首になるかわからないこと考えると、ぞっとして、お母さん、気が変になりそう。死んでも死にきれないわ』って、毎日毎日言われ続けてごらんなさい、こちらの方の気が変になりますよ。私にしたら、母の愚痴の方がずっと堪えるのにね、だから、家を出たんだわ」

　こんなとき、南は相変わらずニタニタしながら聞いている。

「高校のね、国語科の中でも肩身が狭いんですよ。正教員でなくて、講師というだけで、理不尽がまかり通ることがあるんです。私のレベルが低いとか、何か落ち度があったというなら仕方がないけどね」

　紀葉が勤め始めたとき、同じ学年の同じコースで国語の共通試験をする習わしになっていた。それはいいとしても、紀葉が受け持った学年では、前もって試験と同じ問題のプリントを生徒に配り、「練習」をさせるというではないか。そんなことは彼女にとって容認できるわけがない。だが、講師の分際では抗議もできず、結果、彼女一人が頑として「練習」をさせなかった。だから「練習」を行ったクラスの平均点が八十点前後であったのに対して、紀葉のクラスの平均点が突出して悪いのは、言うまでもない。それはそれで、自分の信念を貫いているのだから何の悔いもなかったが、いつの間にか「乙崎先生は講師のくせに態度が大きい」だとか、「教え方が悪いから平均点が悪いんだ」と、陰口をたたかれるようになった。

　そんな理不尽を何とかしのぐことができたのは、他の教科の教員に愚痴をこぼすことができたからである。それに、高校生が可愛かったし、何よりも彼女は教員という仕事が好きだった。幸い、そんな悪弊は新しい主任に代わってからなくなった。ほっとしたのはいうまでもないが、それからあとも理不尽なことがまかり通る。講師という身分をわきまえ、おとなしくしているつもりだが、時に、自分の意志を貫くこともある。そんな紀葉が、今や、正教員、特に紀葉よりも年下となった主任にとっては、やっかいな存在であるらしい。

彼女の愚痴を南は辛抱強く聞いてくれる。彼のおしゃべりは鳴りを潜め、聞き役に徹する。何といっても、彼は「人生の理不尽」を誰よりも知っているのだ。

「そんなこんなでね、否定されることが多かったけど、反対に私が元彼を否定したんだなあって、最近思い出すことがあるんですよ。大学を卒業してすぐにね、大恋愛をしたんです。三年間、半同棲しました。彼は結婚しようって、何度も言ってくれたのに、私がどうしても飛び込めなかったんです。彼の愛情を一番に必要としたときにはもう遅かったわ。……あの恋愛が私のつまずきの始まりかしら？」

「それじゃあ、乙崎さんは今時の女性のように、独身主義ってわけではないんだね」

「今の若い子はいざ知らず、私の世代で本当の独身主義って一人もいないですよ。でも、バツイチは別ですよ、バツイチの女性は両極端ですね。再婚する女性は本当にすぐだけど、そうでない女性のほとんどが、結婚はもうこりごり、金輪際再婚なんてするものかって、そりゃあ意志が硬いんですから。そうじゃなくてね、一度も結婚をしていない女性はね、独身主義ってわけじゃないんです。理想の男性に巡り会えないだけ。そんな男性がいたなら、今すぐにでも結婚したいんです。だけど、歳が行けば行くほど目が肥えて、理想がどんどん高くなるから厄介なんです。それにね、この歳になると、結婚は我慢してまでするものじゃないってとこかしら」

「うーん、わからないね。いったいね、乙崎さんは結婚のために我慢するの、しないの、どっち?」

「相手次第ってとこかしら。言っておきますけどね、私は理想が高かったわけじゃないですよ、要するにフィーリングの問題なんです」

「それじゃ、乙崎さんも相手によってはいくらでも我慢するんだ」

「あら、南さん、いくら何でもね、この歳になったら、結婚なんて絶対に無理ですよ。とっくに諦めました。まず、ちょうどいい相手がいないじゃないですか」

「少なくともね、この店にはちょうどいい男がいると思うけどな」とニタニタ笑う。

「あら」思わず首をすくめた。

五十歳以上の独身男性がいかに増えているかと、最近テレビで放送されたばかりだが、それなら身近に自分に見合った伴侶が見つかるかというと皆無であった。だが、南に言われてみると、ガロアの独身率はそれよりもはるかに高い。しかも、彼らは個性派揃いだ。下川は対象外としても、時々会う、冬木という毛玉の男も独身だというし、何よりも、画家というのが魅力である。年下ではあるが印刷屋も悪くはない。それに、この南からしてそうだ。アメリカに住む娘が一人と、同居しているシングルマザーの娘が一人いるが、今は立派な独身である。

そんな話をしていると、折も折、重い戸が開いて入って来たのは、画家の冬木だった。南が瞬間、ハッとした表情を見せたように、紀葉には思えた。

「冬木さん、今日は珍しく早いね」南が声をかけると、

「そう、絵に一段落ついたんでね、息抜きに来たんだ」と言いながら、冬木は紀葉に軽く頭を下げる。

南がタオルを差し出したのを受け取って、

「南さん、蕎麦の捏ね鉢、手に入れたよ。それもびっくりするほど安い値段でね」と、待

ちきれないように言う。

「そりゃあ、良かった。良いのが見つかったかね」

「中古だけどね、漆塗りのケヤキの鉢なんだ。これくらいかな」と肩幅よりも広いくらいに両手を広げる。

「友達の大工さんがリフォームを頼まれた家でね、物置に積まれた、がらくたの山の中からその鉢を見つけたんだって。聞けば捨てるって言うんで、ほくほく顔で譲り受けてきたんだって。それで、それこそ、こちらにお鉢が回ってきたってわけ」と笑いながら言う。

南は注文を訊いたわけでもないのに冬木に焼酎を出し、冬木はそれを一口飲むと、さらに言葉を続ける。

「最近は本物の良さというのを知らない連中が多すぎるよね。南さん、田舎に行くとね、漆塗りの御膳のセットをバンバン捨ててるっていうから、もったいない話だよ。車があったなら拾いに行くのに」

「本当だね。うちにもね、昔は漆塗りの御膳なんかが揃っていたけど、あれはどうなったんだかねえ。それよりもね」と紀葉の方を向いて、

「乙﨑さん、冬木さんの蕎麦は、まだだったね」と訊ねる。

何のことを言っているのかわからないので、怪訝な表情を見せると、

「冬木さん、蕎麦を打つんだ。冬木さんの趣味みたいなもんかね。だけど、これがまた、うまいんだ。玄人はだしだよ。うちでも年に二度くらい冬木さんに頼んで蕎麦会をやってたんだ。乙﨑さんには是非食べてもらいたかったけど、あいにく冬木さんは女性の客はお断りなんだよ、ねえ」と言いながら冬木の顔をうかがう。

「断ったわけでないよ。ここでの蕎麦会は予約制だから、南さんが勝手に女性客を断っていただけなんだ」と冬木が苦笑する。

「うちの店でね、冬木さんが初めて蕎麦会をやったときなんだけど、男性の客はうまいうまいって、そりゃあ大喜びだったんだけど、女性客には不評だったんだ。こんな硬い蕎麦なんか食べれるかってね」

そう言ってからから笑った。そして

「どっちにしても、もう蕎麦会は終わっちまったけどね」とぼそりとつぶやく。

「終わり？」訊ねようとしたが、南と冬木で蕎麦談義が始まったし、いずれにしても、紀葉は手打ち蕎麦をたって食べたいとも思わなかったので、それ以上訊こうとも思わな

かった。

それにしても今日も長居をしてしまったと、南に勘定を申し出ると、彼はカウンターの中で計算しながら、

「冬木さん、家の方向が一緒だろう、たまには送ってやってよ」とさりげなく誘いをかける。

紀葉はとっさの出来事に戸惑ったが、悪い気はしなかった。それでも冬木が困りはしないかと思っていると、

「ああ、いいよ」と、冬木はあっけないくらい簡単に南の誘いに乗った。

ガロアから一歩外に出ると、夜気が重い気がする。梅雨が近いせいかもしれない。どこからかクチナシの香りが漂ってくる。二人は肩を並べて大野庄用水に沿ってゆっくり歩いた。

二人が並んで歩いていると、冬木は紀葉よりも少しばかり身長が低いのがわかる。だが、近くで見る顔は嫌いではない。それに、とっくに毛玉のセーターは脱ぎ捨てていたし、今日の半袖のポロシャツは悪くない。

「冬木さんはどんな絵を描くのかしら、一度見てみたいわ」

「ああ、それならね、今度僕の画塾の生徒たちの展覧会があるんだけど、是非観に来てよ。そのときに僕の絵も出品するから」

「冬木さんって、塾もやってるんですか？」

「あれ、僕、言わなかったっけ？　僕は画家ではなくて、画塾の先生だよ」

一瞬、言葉が出てこなかった。冬木はこちらの気持ちに頓着なく、訥々と話し始めた。

「若いころには画家になる夢を持って、有名な公募展にも応募していたんだ。実はね、死んだ親父が美大の教授をやっていたんだけど、その関係で僕に美大の先生をやらないかって、しきりに親父に言われていたんだ。だけど、僕は縛られっていうのが性に合わないんだ。自由に絵を描きたかったしね。本当は美大に勤めながら公募展に出品するのが、画家になる一番利口なやり方なんだけどね。それにしても、知っていた筈なんだけど、実際にこの道に入ったら入ったで、思っていた以上にシビアな世界でね、実力だけでは入選が難しいてことがいやほどわかったよ。いや、もちろん、画塾をしながら画家になる夢を持ち続けていたよ。だけど、さすがに五十歳になったころには、自分の先が見えてくるじゃないか、それで画家になる夢はすっぱり捨てたんだ。だからといって、絵を捨てたわけじゃない、何にも媚びないで描き続けるってのも、いいもんだよ。もしかしたら、今が一番幸せかも知れないね」

冬木の言葉がすがすがしかった。彼の言葉を聞いている間、長年忘れていたはずの温かい感情が息づいていた。

その日、紀葉は布団に入ると、

「何という清貧」と独りごちた。

一番に冬木が清貧なのだ。ガロアのすべてが清貧なのだ。そんなことを思っているうちに、心地よい眠りに落ちていった。

朝を迎えたときにも、未だに紀葉の心には冬木がいた。

私はまだ結婚に執着しているのかしら?

それは軽い驚きだった。結婚なんて、とっくの昔に諦めていたはずでなかったか。それが昨日で一変したというのだろうか。それもまだ交際もしていない冬木に、一縷の望みを託したというのだろうか。正直いって、彼女には何もわからなかった。

紀葉は三十歳になったころから、目が覚めると、「ああ、これは悪夢ではないか」と、部屋の中を見回しながら思ったものだった。未だに独身でいるという恐れを実感する瞬間だった。言い寄ってくる男がいなかったわけではない。ただ、言い寄ってくる男たちが次第に少なくなり、その男たちの魅力もしだいに色あせていくことを思うと、合わせ鏡のように身に応えた。このまま結婚できないかも知れないと思うのは、恐怖に近かった。夢の中をさまよっていた方がどれだけ良かったかしれない。

友達の子供が中学生になり、高校生になったころから、目が覚めると、地の底に落ちていくように感じた。もっとも、そんな思いは目覚めたときに限り、日中は仕事に追われて考える余裕などなかったけれども。それでも、仕事だけはどうにかしなければならないと、真剣に考えるようになった。正教員にさえなれれば生活も安定するし、結婚など眼中から消えてなくなるかもしれない。だが、勤める私立高校で相変わらず色よい返事を貰えず、公立高校の教員採用試験を受けたが、希望はかなえられなかった。

結婚の夢も、安定した仕事の夢も、すべて諦めたのはいつのころだったろうか。そのころには友達に孫ができていたはずだ。諦めてみると、気持ちがすっかり楽になった。諦めるとは、悟りの第一歩かもしれない。

それがガロアに通い始めてから、何かが動き始めたような気がする。出勤のための準備をしながら、そういえば、冬木のメールアドレスも携帯電話の番号も、聞かなかった、そもそも、彼は携帯電話など持っているのだろうかと、ふと思った。

次に紀葉がガロアに行ったのは、冬木が来るであろう時間よりもずっと早かった。すると、真っ先に目についたのは、がたつく戸に貼り付いた一枚の張り紙だった。

「長らくお世話になりましたが、ガロアは今月をもって閉店することになりました」

胸が締め付けられる。戸を乱暴に開けて

「南さん」

叫ぶように言ったあと、

「これはいったいどういうことですか?」と詰め寄った。

すると南は紀葉の気迫にたじろぐように、

「乙﨑さんにまだ何にも言ってなかったっけ? 常連さんにはちゃんと話したつもりなんだけどなあ」と、口籠もる。

返事に詰まっていると、さらに言葉を続けた。

「見た通り、この店はずいぶん古いだろう。家主がね、どうしても取り壊すと言うんだよ。それで僕も歳だからね、良い潮時かと、覚悟を決めたよ」

「せっかく私のオアシスができたと思ったのに」涙が零れそうになる。

「それなんだけどね、この間から下川さんたちとも話し合ってきたんだけど、みんな、これっきりっていうのも寂しいじゃないか、どこかでまた集まろうって話してたんだ。そうしたら冬木さんの家はここから近いし、家も大きいだろう、彼の家を提供してくれそうなんだ。月に一度、彼の好きなクラシックでも聴きながら、気楽な勉強会でもしようってわけさ。たまには蕎麦会っていうのも良いしね。それからこれは今思いついたんだけど、ご馳走の持ち込みっていうのはどうだろう？」

それなら紀葉の得意な春巻きでも作って持っていこうかと、漫然と考える。

「今日は冬木さん、塾の日なんだ。だから、来られないんだよ。それでね、今度の土曜日に、この店の有志が集まって、今後のことを話し合う予定なんだ。乙崎さんも是非来てよ。乙崎さんさえ参加してくれるって言うなら、冬木さんも喜ぶと思うし、ほぼ決まりだね」

「それならね、私、土曜日に必ず来ますから」

そう約束して、早々にアパートに帰った。

紀葉はそれからの三日間を鬱々とした気分でやり過ごした。ともかくも土曜日になったらガロアの面々と会えるのだから気分が晴れるかと思ったが、その日が来てもいっこうにその気配は訪れない。

日覚めたときから雨の音がしていた。彼女が住む古いアパートには、入居した当時から不満が多かった。だが、南向きに小さいベランダがついていて、カーテン越しながら、ベランダから差し込む日の光が唯一の取り柄だと思っていた。ところが今日はカーテンの色が重く沈んでいる。気分の優れないのは、雨のせいかもしれない。

身繕いをすませ、朝食を取ったあと、思いついたように掃除を始めた。紀葉はどちらかというと、掃除は苦手である。それが掃除を始めると、止められなくなった。部屋の角、斜めに渡した角材に吊した洋服を片っ端から片付けていく。机の横に積まれた雑誌を袋に収め、スーパーのレジ袋をきれいに三角にたたむ。部屋を見回すと本棚だけはきれいに片付いている。あとは台所かと思うとぞっとする。台所の掃除は時間がかかりそうだ。

お昼にカップラーメンを食べる。贅沢はできないものの、いつも食事にだけは気を遣っているので、ラーメンを食べるのは久し振りである。

ラーメンをすすりながら、いつの間にかガロアのことを考えていた。いや、朝からずっと、脳裏にガロアが浮かんでは消えていった。

ガロアはガロアであって、冬木の家であってはならない。ガロアの人たちはガロアの店と一体になって、初めて異彩を放っていたように思う。

ガロアの消滅は彼女に思いがけない混乱をもたらしていた。

雨は断続的に降り続いている。ガラス戸越しに雨の跳ね返る大きな音がする。ベランダに放り出された使い古しのバケツの上で、雨が跳ね返っているらしい。それは時に規則的に、時にリズムを狂わせて聞こえてくる。

掃除をしているときも、食事をしているときも、雨の音を聞き漏らすまいと耳を澄ましていた。こうして一歩も外に出ないまま、雨の音と共に一日をやり過ごした。

その日、彼女はガロアに行くことはなかった。

紀葉がようやくガロアのあった方向に足を向けたのは、八月に入ってからだった。あの店はすでに空き家になっているだろうと思っていたら、空き家どころか、すでにその姿形も残っていなかった。あんなに小さい安普請の建物である、二、三日もあったら取り壊すことができたのだろう。それにしても、すでに夏草の生え始めた土地の、何という小ささだろう。きれいな三角の形をして、大型の車なら一台しか止まれないかと思うほどだった。こんな小さな所に、紀葉が魅了された人々が日々寄り集まっていたのだと思うと、胸が熱くなった。だが、思い浮かべるガロアは、やはりセピア色でしかなかった。それは不思議に懐かしい光景だったし、不思議に遠い存在だった。

「あっ」小さく声を上げた。

「ガロア」

南はどうしてガロアという名前をつけたのだろうか、その理由をとうとう聞きそびれてしまったと思った。

椿の墓

昨夜からの雪がまだ降り止まぬ寒い朝、美咲が陽子の家にやってきた。

サクサクと、雪を踏む音がする。耳を澄ました。足音は門から玄関までの間をおびえたように、ゆっくり近づいてくる。

チャイムが鳴って玄関に出ると、格子戸の向こうに小柄な人影が見える。女のようだ。

「はい」

陽子の声に戸が遠慮がちに開けられた。

痩せた、若い女が立っている。彼女はさらに戸を開けたが、外に立ったままで深々と頭を下げた。

「今度、若草荘に越してくることになりました。これからお世話になります」

「あら、お入りなさい、外は寒いわ」

心待ちしていた人だった。その女は身体を強張らせて中に入ると、また頭を下げた。

「あなた、お名前はサカモトさんとおっしゃるの、それともサカゲンさん？」

女は怪訝な目を向けた。

「不動産屋さんから書類が届いたときにね、あなたのお名前を見て何て読むのかと……」

「坂元美咲です」小さな声が返ってきた。

「あら、偶然ねえ。あなた、うちの表札ご覧にならなかった？　私の家もサカモトと書いてサカゲンなのよ。サカゲンなんて、珍しいものね。あなたがサカゲンさんなら、出身が同じでないかと、ちょっと期待してたの。やっぱり波戸の方？」

「いいえ」

驚くほど強い口調だった。

その口調にたじろいで、出かかった言葉を飲み込んだ。しばし気まずい空気が流れたが、

「あなたはマルミスーパーに勤めているのよね」優しく訊ねると、

「はい、ここからだと近いんで助かります」女の顔が和んだ。

「今まではどこに住んでいらしたの？」

「寺町です」

「それは遠いわ。でも、ここからだと歩いたって行けるわね」

「はい、本当に助かります。……あの、今日の午後からでも引っ越そうかと思っているんですが、いいですか？」

「もちろんいいけど、こんな雪の日に？」

「荷物といっても、ほんのわずかですから」

その言葉に思わず微笑んだ。坂元美咲は薄化粧に、ベージュのダウンジャケットと黒いパンツ姿である。華美なところは少しも見当たらない。最近の贅沢な若者の生活ぶりに反発を感じている陽子には、この新しい住人の質素らしいのに、我知らず漏らした微笑であった。

「若草荘」は陽子の父が家に隣接して建てたアパートである。その父も母も亡くなり、坂元に嫁いでいた陽子が本宅もろとも「若草荘」を引き継いだ。とにかく、このアパートはかなり古く、当然家賃も安かった。

これまでも、親からの仕送りがなくアルバイトで生活を賄っている大学生や、病気の母親を抱えた二十代の女性、子供がいなくひっそりとつましく暮らす老夫婦など、耐乏生活を強いられた住民ばかりであった。だから、もうそろそろ「若草荘」を取り壊そうという夫の提案を、陽子はどうしても受け入れることができなかったのである。

「これからお世話になります、どうぞよろしくお願いします」

美咲は口の中に籠もった小さな声を残すと、玄関をあとにした。その背中が寂しそうだと、陽子は思った。真一と同じくらいの歳かしらと、東京の大学に通っている息子と、その女友達の顔を思い浮かべた。

その日はずっと家にいたけれども、外で引っ越しの気配はなかった。だが、夕方スーパーに出かけるときに、彼女の部屋をうかがうと、窓から明かりが漏れていた。

夫の健吾が帰宅したとき、陽子は待ち構えていたように出迎え、畳みかけるように言った。

「今度来たアパートの娘、サカゲンって言うんよ。うちと同じ字」

「へえ、それじゃ、波戸の出やろうね」

思った通りの反応である。健吾の生まれ故郷は奥能登の波戸村である。陽子たちが住む金沢から車で二時間ほどかかる。波戸村には坂元姓が十数軒あった。これまでに金沢で思いがけず「サカゲンさん」に出会って、訊けば必ず出身が波戸だと知れた。

「それが違うんやって。サカゲンなんて読み方は波戸だけかと思うたけどね」

「広い日本やし不思議でもないけど、三代前が波戸ということやってある」

健吾の言葉は陽子をますます迷路に誘う。釈然としないまま台所に立った。

陽子が次に美咲に会ったのは、バス停近くだった。バスから降りて信号を渡りきった所で、電話ボックスから出てきた女とぶつかりそうになった。身体を逸らせて行き過ぎようとしたとき、「あっ」と、女から声が漏れた。目を凝らすと、美咲であった。あとは自然の成り行きで並んで歩いた。

「電話だったら、うちでかければいいのに」

つましいといっても、今時の若い子が携帯電話も持っていないのかと、軽い驚きがあった。

「ありがとうございます。でも、近いですから」

「電話の取り継ぎだってしてあげるわよ」

「ありがとうございます。でも、かけてくる相手もいないですから」

「ご両親からの電話だってあるでしょう。……ご両親はどこに住んでいらっしゃるの？」

「父も母ももう死んでいないんです。それに、兄妹もいませんし」

陽子の足が止まった。返す言葉が見つからない。再びゆっくり歩き始めたけれども、美咲はついてこなかった。振り返ると、美咲はそこに立ち尽くしたまま、顔を真っ直ぐ上げた。

「お祖母ちゃんはいました」

それは悲痛な叫びに聞こえたし、祈りにも聞こえた。思わず彼女に歩み寄る。街灯の下で見る彼女の瞳は、焦点が定まらないようで、泣き出しそうに濡れ輝いている。それからあと、二人は一言も口をきかずに並んで歩いた。

「今度入った坂元さん、可愛い娘やね」

会社から帰宅した健吾が、門の所で見知らぬ娘に深々と頭を下げられた。誰だったかと娘の後ろ姿を目で追うと、「若草荘」に入っていくので、美咲だと気づいたという。

「それにしても。あの顔はヤスケの顔なんやけどなあ」

「えっ？」夫の背広をハンガーに掛ける手が止まる。

「ヤスケの坂元。ほら、親不孝のヤスケや」

固唾を呑んだ。「親不孝のヤスケ」と言われると、陽子にもすぐに思い当たることがあった。

波戸村には同姓の家がたくさんあるので、それぞれを屋号で呼ぶ習慣がある。坂元も例に漏れず屋号で呼び、ヤスケも坂元の中の一軒であった。ヤスケと健吾の実家は親戚でもないし、家が離れているのでほとんど付き合いはない。だが、二人の間で「親不孝のヤスケ」といえば、まるで旧知の間柄のように身近に感じるのだった。

「それじゃ、あの娘はヤスケの娘なの？」

「ヤスケには僕の二級下に弘って子がおったけどね、弘は五年ほど前に死んだはずや。その弘に娘がいたとしたら、年齢的にはちょうど合うかもしれんなあ」

「本当にヤスケの顔？」

陽子がまるで健吾を責めるような勢いで訊ねるので、彼はたじろぐように、

「いや、弘に似とるわけでない」

心なしか、気弱な口調に聞こえた。

だが、陽子に芽生えた疑問は消えそうもない。波戸出身を否定したときの、美咲の強い口調にこだわっていた。

陽子が健吾からヤスケの話を聞いたのは、結婚をして間もなくだった。それは村で語り継がれている「親不孝」の一つ話である。

「僕の村にヤスケという家があってね、そこの夫婦の親不孝の話は並大抵でなかったんやと」

健吾が郷里の話をするときは訛りが強くなる。しかも村に伝わる話ともなると、まるで子供に聞かせる昔話のような語り口になった。

「ヤスケの家の若夫婦はな、祖父ちゃん祖母ちゃんが汚い言うて、あろうことか自分らの親を母屋にも上げんと、納屋に住まわせとったんやと。ご飯茶碗も、欠けた薄汚れたもんやったそうや。それがある日、若夫婦の息子がそこら辺に落ちとった木の切れ端を拾うてきて、何やら削っとる。『お前、何しとるんや』と訊いたところが、『父ちゃんと母ちゃんが年取ったら食べさせる椀を作っとるわいね。これに飯よそうて、納屋に運んでやるわいね』と言うたと。それでヤスケの若夫婦は、ああ、親不孝はするもんやないと、反省したという話や」

「それじゃ、その子供っていうのが、その、弘って人?」

「いや、弘の親の方や」

「えっ」

それでは、親不孝の逸話はいったい何年前にさかのぼるのだろう。そんな昔話を、波戸村の人々はいつまで語り継いでいくのだろうか。

「ところで、弘さんの奥さんは生きとるの?」

「生きとるやろう。死んだとも聞いとらんしなあ」

健吾の返答にがっかりした。弘の妻がすでに亡くなっているのであれば、両親が亡くなったという美咲の話と符合する。まさか健在の母を、亡くなったと嘘をつくはずがないだろう。やはり美咲が言うように、彼女は波戸と無縁なのかもしれない。そう思ってはみたが、陽子の心はくすぶり続けた。

陽子が「若草荘」前のゴミ集積場の異変に気がついたのは、四月に入ってからだった。アパート前のゴミの後始末はいつも陽子がやっている。ところが最近、ゴミ収集車が回ったあとで、時々集積場がきれいに掃き清められている。時には水を流した跡さえ見えた。

最初は誰かが気まぐれに掃除をしてくれたのかと気にも止めなかったが、最近になって、週二回ある収集日のうち、火曜日だけ掃除をしてあると気がついた。そういえば、美咲の休日は火曜日だと聞いたことがある。それに集積場の掃除が始まったのは、美咲が越してきたころからだったような気がする。掃除をしているのは美咲に違いない。

生活が苦しいと言っていた美咲だが、これまでに家賃の滞納はない。それどころか、家賃は月末まででいいのに、決まって二十五日に持ってくる。それも毎月新札がそろっていた。

美咲が天涯孤独なのを知ってからというもの、陽子は彼女に肩入れをしたくてたまらない。機会を見つけては「たまにはお茶でも飲みにいらっしゃい」と誘いをかけるけれども、「ありがとうございます」と頭を下げるばかりで、いっこうに馴染んでこない。それでも懲りずにまた声をかけるのは、こんなふうに垣間見える、彼女の生真面目さに心惹かれてのことだった。

四月の半ばだというのに、雪になるのではないかと思うほどの寒い日だった。寒い日には温かいお汁粉が食べたくなる。陽子は手間暇かけてあんこを練り上げ、お汁粉を作った。美咲にも上げようと、彼女が帰ったのを見届けて、お汁粉を持ってアパートに向かった。

ドアの隙間から顔をのぞかせた美咲にお汁粉を差し出すと、寂しげな顔から思わず笑みがこぼれた。

「お腹がすいてたから嬉しい！」

彼女はいとおしむようにお椀を両手に載せると、鼻先に持っていき、

「ああ、お正月の匂いがする」目を細めて息を吸い込んだ。

陽子が驚いたのは、美咲が珍しく感情を表しただけでなかった。

「お正月の匂いって？」はやる心を抑えて訊ねる。

「私の田舎ではね、お正月のお雑煮っていうと、お汁粉なんです。お正月にね、お汁粉を食べるのが本当に嬉しかったんです」

話半ばで静かな興奮にとらわれていた。玄関のドアを閉めると、そのドアに背中をもたせかけて、一呼吸した。そして結婚早々に夫が漏らした言葉を反芻する。「僕んとこの正月の雑煮はお汁粉やったんや。お汁粉は嫌いじゃないけど、正月のお汁粉はどうにも苦手やった。正月は日本酒にお節料理、そこにあの甘いお汁粉では、ぞっとしたよ」。健吾に初めて聞かされたときに、その風習に驚いたものである。二人は同じ石川出身なのに、陽子にとってお汁粉の雑煮というのは初耳であった。

「やっぱりあの娘は波戸の出身なんだ」口の中でつぶやく。難問が解けたような気がした。

能登に向かう「のと里山海道」は海に沿って続いている。五月の海は青紫色の水をたたえ、眠たげに拡がっていた。

連休に息子の真一が帰省しないというので、急遽、健吾と波戸に行くことにした。

陽子が波戸村を初めて訪れたのは、健吾にプロポーズされてすぐだった。そのときの印象は今でも鮮明に残っている。最初はただの寒村に過ぎないと思っていたが、すぐに考えを改めた。村を一周するうちに、海に彩られた景観にすっかり魅了されていた。

波戸は波打ち際から迫り上がった、小高い山に開けた漁村である。山の西側の斜面、裾野から山腹までを家々が点在している。その家々と樹木、畑を縫うように、幾本もの細い坂道と階段がジグザグ状に伸びている。階段を少し上ると、海を一望できた。すぐ下を見下ろすと、船溜まりに浮かぶ三艘の船が、湾の中でのんびりとたゆたっていた。

陽子はあの日、高台で健吾と話し合ったことを今でもはっきり覚えている。

「ここの生活って、とっても豊かなんやね。景色はいいし、海の水は透き通っとるし、魚はとびっきり新鮮。その上、山の幸にも恵まれとる。まるで桃源郷みたいね」

「桃源郷ね……」健吾はちょっと言いよどんだが、すぐに言葉を続ける。「おかしなもんやな。都会の者にしたら、ここは桃源郷に見えるみたいやけど、ここに暮らすとなったら話は別や。ここの者(もん)は高校を卒業したら当たり前のように都会に出て行ってしまうんや。今は蟹御殿、海老御殿なんて言われる立派な家を建てて、漁師の生活も豊かになったというのになあ。……僕の子供のころはね、漁師といえば貧乏なもんやった。漁は今と違うて機械化しとらんし、仕事はきつい、おまけに働いても働いても貧乏から抜け出せんかったわ。僕の家も本当に貧乏やったよ。それなんに僕は大学に行かしてもろうて、父ちゃんに苦労かけたわ」

「お義父さん、よう大学に出してくれたよね」

「ほんと、借金までして出してくれたんや。もしも僕が大学に行かんかったら、その金で船買うて、今頃は僕の家も御殿が建っとったかもしれんなあ」

「でもあなたが大学に行くのが、お義父さんやお義母さんの夢でもあったんでない？」

「まあ……」

あいまいな答しか返ってこなかった。健吾の目は水平線の向こうを見ているようだ。どこからともなく磯の匂いと、饐えたような魚の臭いが上がってきた。

実家に着くと、重く立て付けの悪い戸を、上下にガタピシ言わせながら開け、健吾は大声を張り上げた。

「こんにちは！」

彼は以前、実家を訪れたときに「ただいま」と言っていたはずだ。それが「こんにちは」に変わったのは、漁師の弟が家を継いでからでなかっただろうか。

健吾が跡取り娘である陽子と結婚をするとき、彼は長男ながら養子に入るつもりでいたが、両親が強く反対をした。そのときはすでに弟が家業を継ぎ、結婚もしていたというのに。「跡取りはあくまでも長男」と両親は健吾が家の跡取りになることに執着した。それは両親のたっての希望というのでなく、おそらくは村社会の目を気にしてのことだったに違いない。だが、結局は数年前に義弟が正式に坂元の家を継ぐことになったのである。

家の中から返事がないので、健吾が茶の間の戸を開けると、義母が弁柄色の帯戸に寄りかかり、両足を投げ出して居眠りをしている。その膝の上で、猫が見るも法楽に居眠りをしていた。

「母ちゃん！」

健吾の声に猫が膝から飛び出し、義母がゆっくり目を開けた。

「ああ、今着いたんか。お帰り。……そこで父ちゃんと会わんかったけ？　健吾に食べさせたい言うて、サザエを捕りに行ったんよ。姉さんは町まで買い物に行ったわ」

義母は健吾たちにお茶を淹れながら、茶菓子代わりに、ざるに山盛りになっている茹でた蟹を勧めた。

「姉さんもまあ、食べる物なら何でもあるというんに、しょっちゅう町に買い物に行っとるわ。本当に今の者は贅沢で困る」

大型スーパーが隣町にできて二年になる。母の嫁への愚痴が始まったので、健吾は話に耳を貸さずに、ひたすら蟹を食べ続ける。それでも愚痴が止まらないので、口一杯に蟹をほおばりながら母の話を中断した。

「母ちゃん、ヤスケの弘に、真一と同じくらいの娘がおったか知らんかね？」

「ああ、ヤスケの孫なあ、あの孫は真一と同じ歳やったかな」

「それじゃ、いるんやね。それで、名前、わかる？」蟹を食べる手が止まっている。

義母の目が宙を泳ぐ。しばらく沈黙が続いたので、じれったくて今度は陽子が訊ねる。

「もしかして美咲って名前でないですか？」

「そういえば、ミイちゃんって言うたかもしれんねえ」

健吾と陽子は顔を見合わせた。

「それで弘の嫁さんは達者かね？」

「さあねえ、弘ちゃんは若いうちに嫁さんと離婚したんや。それから間なしに再婚したけど、その後妻も弘ちゃんが死んだあとすぐに、ヤスケと縁を切ったらしいから、私ら、嫁さんのことを訊かれても、なーんも知らんなね。それよりも健吾、弘ちゃんの死んだときのこと、聞いたかね」

「死んだときのことって？　何か訳でもあるんかね」

「弘ちゃんが死んだんを、ヤスケの爺様も婆様も二週間も知らんかったんやと。陽子さん、やっぱり親不孝はするもんでないぞね。ヤスケの家は罰当たりな家なんだわ」

話は逸れて、はからずも例の親不孝の話が始まった。陽子は我慢をしながら、ひとしきり義母の昔話を聞く羽目になる。それでもどうやら話は本筋に戻っていくようだ。

五、六年前のことだった。ある日突然、弘の妻が一人で波戸に戻ってきた。彼女が白い風呂敷包みを差し出すので、弘の母親が何気なく開いてみると、驚いたことに、中から出てきたのは骨壺だった。母親はどんな訳ありの人の骨かと訝しんで訊ねると、「うちの夫のお骨なの」嫁が平然と答えた。

弘は癌で二週間前に亡くなり、東京で葬式もすませてしまったのだという。弘の両親は度肝を抜かれ、次いで涙に暮れ、それから初めて弘の死に不審を抱いた。「もしや嫁さんに殺されたのでないか」とまがまがしい疑いさえ持ったが、今となってはどうしょうもない。

「ちょっと待ってくれ。殺したとか殺されないとか、どうしてそんな話になるわけ？

だって弘には娘もおるわけやし」

「トモちゃんは先妻の娘だから後妻とうまくいかんで、小学校のときから爺様たちと波戸で暮らしとったんや」

「トモちゃんって？　美咲って娘の姉か妹？」

「なんも。弘ちゃんには子供が一人のはずや」

頭が混乱してくる。

「母さんはさっき、弘の娘の名前はミイちゃんて言わんかったか？」

「あれ、そうやったかねえ。さあ、ミイちゃんやったか、トモちゃんやったかねえ。……それよりもねえ、ヤスケの爺さま、あん人は本当に変人やぞね。ほれ、今言うた、親のために木の切れ端を削って茶碗を作っとったという息子が、今の、弘ちゃんの父ちゃんなんや。ほんで、弘の父ちゃん、弘ちゃんが死んだいうんで、いっとき気が触れたいう噂やったわねえ。それからやっと正気に戻った思うたら、婆様が泣いて止めるがも聞かんで、お墓を家の敷地に建ててしもうたんやと」

「お墓なら、僕も知っとるよ」

健吾が言葉を挟んでも、それを無視して義母の話は続いていく。

「家の敷地やぞ。陽子さん、縁起の悪い、お墓ちゅうもんは屋敷の中に作るもんでないぞね。ほらね、やっぱり、墓を作って間なしやったぞね、婆様が亡うなったんは。ほんで、一年も経たんうちに爺様も亡うなったんや。それからや、ヤスケの天井からポタポタ、ポタポタ、蛇が落ちてきたと。十四、二十四って蛇がね。……おお、コワ！」

だが、身震いしたのは陽子の方だ。蛇の話よりも、そんな噂話が波戸中に拡がっているのを考えると、いっそう寒気を催す。

中島ノ高校生ノ娘ガ子ヲ堕ロシタト。エドサノ嫁サンハ旦那ガ漁ニ出テ留守ノ間ニ浮気シテ、ソノ浮気相手ガ大工ナンデ、オ金モハラワズ改築シテ、タイソウ立派ナ家ニナッタト。マヨモサノ爺様、耄碌シテ小便垂レ流シヤレド、嫁ガソノ世話モセント。

虚々実々の噂話がまたたく間に波戸中に拡がっていく。しかも一度流れた噂はおいそれとは消えない。昔から現在にいたるまでの噂話が、錯綜しながら波戸に浮遊している。陽子はヤスケの家にまつわる噂話を、むしろ同情を持って聞いていた。弘の娘のことはとうとうあいまいなまま終わってしまった。

そうこうするうちに義父や義弟、義弟の奥さんも帰ってきた。義父が持ち帰ったバケツには、サザエが一杯入っている。

「お刺身にしよう」と、健吾がサザエを殻から出す役目を買って、外に出る。

そこへ漁師をしている健吾の従兄弟たちが次々に現れた。家族と併せて総勢十二人にもなる。これから宴会が始まろうとしている。何かにつけて飲むのが好きな人たちなので、健吾が実家に帰ると、たいてい宴会が開かれるのだった。

台所では陽子も義母や弟の奥さんを手伝って宴会の支度が始まる。料理の材料は新鮮な魚はいうに及ばず、芹やワラビ、タラの芽と、海の幸、山の幸の色とりどりである。やがて茶の間に驚くほどのご馳走が並んだ。

ようやく女たちが席に着いたときには、茶の間に陽気で野太い声が行き交っている。もともと漁師は声が大きいので、まるで雑踏の中にいるようだ。そんな中で、陽子は義妹の明美に向かって声を張り上げる。

「明美さん、ヤスケって家に、真一くらいの娘さんがおらんかった？」

「ああ、うちの俊子と同級生や」

「えっ、それじゃ、名前は？　名前、わかるよね」

「ミサキ」

はっきり聞こえた。胸が高鳴る。騒々しくとも、横に座っている健吾にも明美の声が聞こえたようで、目を合わさないが、彼は陽子の膝を二度軽くたたいた。

　陽子は少しでも美咲の情報を得ようと、明美に膝を寄せる。彼女は波戸時代の美咲の暮らし向きについてかなり詳しかった。一方、健吾は義弟たちとコップ酒を交わしながら、漁の話で盛り上がっている。男たちの会話から途切れ途切れに「インドネシア」「フィリピン」という言葉が聞こえてくるので、そちらにも興味を引かれて聞き耳を立てた。

「昔と違うて、漁師にも基本給があるから生活が安定しとるし、大漁が続くと一ヶ月に五十万、百万にもなるから、そこら辺の給料取りより、よっぽどいいわなあ。ほんでも、やっぱり仕事がきついから、今の若い者には務まらんわ」

「今の者は力も根性もないもんなあ。その点、インドネシアやフィリピンの連中は違うとる。ほんま、よう働くし、間に合うわ」

　そこに健吾が口を挟む。

「きつい、きつい言うけどな、今は昔と違うて何もかも機械化しとるから、比較にならんほど楽になっとるやろう。日本人だってその気になればやれんことないわ。それで僕が思うに、都会におってホームレスになったり、雇い止めになって職のない人なんか、みんなこっちに来ればいいのに。住まいだってそこら中に只で借りれる家があるし」

「兄ちゃんは何をだらなこと言うとるんや」義弟が声を荒げる。「漁師の仕事を甘く見とる！　楽になったいうても、そんなもんじゃないわ」

「だって、現に今は外国人ばかりでなあて、余所者やって働いとるやろう」

今度は健吾の従兄弟が大声を上げた。

「そりゃあ、余所者はおるよ。ほやけど、みんな曰く付きの者ばっかりや。やくざに追われとるとか、借金取りに追われとる、みんな生きるか死ぬかと追い詰められた連中ばっかりや。そんな連中でないと務まらんのや」

陽子と一緒になって男たちの話を聞いていた明美が、彼らの話をこちらに引き寄せる。

「うちの敦史やって漁師は一ヶ月も持たんで東京に行ってしもうたもんね。それに漁師の奥さんやって楽やないよ。魚立（ようた）がしんどうて泣きたくなるときもあるわ。船が入って呼び出されるのは、冬だって夜朝の四時、五時はざらや。死ぬほど寒い中で、網から魚（よう）外して、箱詰めして、そりゃあ、きついよ。……美咲ちゃんも私ら大人に交じって魚立てしとったんよ」

「えっ、美咲ちゃんも？」つられて名前を言っていた。

「波戸の厳しさいうたら、義姉さんにはわからんよ。義兄さんにだってわからんよ」

明美の言葉に何も応えられなかった。その言葉がいつまでも胸に残った。

明日は漁が休みだとかで宴会は続き、陽子が布団に就いたのは十二時を回ってからだった。酒に強い健吾だが、宴会がお開きになったとたんにダウンして、今はいびきをかいて眠っている。いびきのせいでないけれど、その横で陽子はなかなか寝付けなかった。

目を閉じると、美咲の顔が浮かんでくる。眠いのに眠れない。半醒半睡の中で、つい先ほど明美に聞いた話から、波戸時代の美咲の姿が立ち上がってくる。

朝まだき冬の揚場に身を切るように冷たい風が吹きつける。魚立てをしているのは漁師の古女房で、彼女たちからいつもの笑顔が消えた。誰もが押し黙ったままで網から魚を外していく。軍手をはめた手は、かじかんで感覚がないのか、いずれも機械仕掛けのようにぎこちない。煌々と照らされた照明の下、たぐられて順繰りに送られてくる網には、尾びれを逸らし、銀色の鱗を光らせたメバルがへばりついている。女たちはひたすらメバルと雑魚をより分けながら取り外していく。

その女たちの間で、まだあどけなさの残る美咲が一人、ぎこちなく魚を外し続けている。

父親の離婚と再婚で、美咲は小学二年のときに、親元から離れて波戸村にやってきた。新しく孫を迎えた祖母の喜びはひとしおだった。その可愛がりようは人目を引くほどだったが、祖父は何かにつけて邪険だった。それでも美咲は健やかに波戸の娘らしく育っていった。彼女の波戸村の生活が暗転したのは高校二年のときだった。父親の突然の死によって仕送りが途絶えたからである。祖父は彼女に退学を迫り、高校生活を諦めかけたとき、祖母がそれを思いとどまらせた。

「おらが何でもやって働くから、美咲は高校をやめんでいいぞ」

そう言って祖母が魚立てを始めたが、祖母はすでに七十歳にもなっていたし、若いころの働き過ぎで、すでに身体のあちこちにがたが来ていた。結局は仕事は二ヶ月も続かなかった。そして美咲が魚立てに出ることになったのである。

祖母の死もまた、突然だった。脳溢血だったらしい。祖母の葬儀のとき、美咲が祖母に泣きすがる姿は誰の目にも哀れを誘った。そればかりか、あのお墓を愛しむように、撫でさすっている姿を目にした村人は一人や二人でない。

美咲が高校からも波戸村からも忽然と消えたのは、祖母が亡くなって間もなくだった。

いつしかまどろみ始めた陽子は、突然、瞼の奥に蛇を見たような気がした。ヤスケの蛇だ。あわてて布団をたぐり上げると頭から被った。

翌朝、健吾が陽子を散歩に誘った。

健吾は家を出ると、坂道と階段を渡り継ぎながら一気に海岸まで下りる。防波堤に沿ってしばらく歩き、道が途切れた所で、ようやく足が止まった。

「ここがヤスケの家や」

目の前にブロック塀があり、その奥に家屋が見える。家のすぐ後ろまで崖が迫っているせいで、海を背にして立つ陽子には、そこはまるで、谷底の家に見えた。

その家の窓という窓は固く閉ざされ、家が灰色一色に朽ち果てている。しかも家全体にはびこった蔦さえも、今や蔦の残骸でしかない。陽子の目には、それはまさに「死んだ家」であった。

噂の墓は見えない。

敷地に足を踏み入れた。陽子は健吾の後ろから庭を盗み見るようについて行く。すると、母屋と、ぽつねんと建つトイレの間から、紛れもなく墓が見えた。

「ああ、お義母さんが言うた通り、本当にお墓があるわ」

健吾は墓に引き寄せられるように、何の躊躇もなく奥に入り込んでいく。

次の瞬間、陽子は胸を突かれた。

墓が赤い椿の花に美しく彩られていたからだった。四角い箱を重ねたような御影石の墓はありきたりだが、高さは長身の健吾くらいはあり、実に堂々としたものだ。その墓の後ろの崖から裏庭にかけて、おびただしい椿が自生している。椿の花はちょうど今が盛りで、濃い緑の葉の茂りの中で、息苦しいまでに怪しく咲き乱れていた。

「これは……」健吾も言葉を失った。

やがて二人はヤスケの庭を出て、防波堤の途切れた所から磯に出る。まぶしく輝く海を前に、陽子は我知らず吐息を漏らした。

連休が明けて間もない雨の日に、波戸村から魚が届いた。差出人は義弟になっているが、送り状は明らかに義母の筆跡である。義母はこうして時々魚を送ってくれる。発泡スチロールの箱を開けると、目が黒々として相変わらず活きのいい魚が入っている。

美咲にお裾分けをしようと思い立った。折しも彼女の休業日である。すぐに届けようと、サンダルを引っかけると雨の中を走った。

ところが部屋のブザーを押してもドアをノックしても返事がない。

何気なく台所の窓に目をやると、戸が開いている。雨が降っているけれども大丈夫かしらと、伸び上がって、つい中を覗き込む。次の瞬間、首を引っ込めていた。胸が波打っている。

部屋の中に美咲がいたのだ。首を引っ込めたものの、美咲がこちらに気がつく心配はなさそうなので、もう一度覗いてみる。

窓から部屋全体は見渡せないが、見た限り、家財道具らしい物はない。三段重ねのプラスティックのケースがあるきりだ。

美咲は彼女と同じくらいの高さに積まれたケースの横で、身じろぎ一つせずに座っていた。立てた膝を両手で抱え、膝の間に顔を埋めている。それは耐えている姿に見えた。

陽子は窓を閉めずにそっとアパートをあとにした。

美咲を気遣いながら、彼女と会うこともなく数日が過ぎた。夕食の準備がすんで、あとは健吾の帰りを待つだけだ。そのときチャイムが鳴って、いつもより帰りが早いようだと玄関に急いで、

「おかえりなさい」

言いながら格子戸を開けると、そこに立っていたのは美咲だった。

「あの、本当に申し訳ないんですけど、お願いがあるんです」たじろぎながらも、一呼

吸おいて言った。

「どうしたの？　私にできることなら何だって」

「棘が刺さったんです。右手の掌だから、どうにもできなくて」

思わず笑みがこぼれた。美咲が右手を差し出すのと、陽子の手が伸びるのが同時だった。だが、陽子はその手をすぐに引っ込めた。

「ここでは暗いから、ちょっと上がって」

美咲の顔が一瞬固くなったけれども、「すみません」、小さい声を漏らして、陽子について玄関を上がる。陽子は彼女を茶の間に案内すると、蛍光灯の下に立たせた。

美咲の右手、親指の下の膨らみに棘が刺さったようだ。陽子が薬箱から棘抜きを取り出すと、彼女の右手が陽子にゆだねられる。薄くて硬い手だが、小さいので見るからに華奢である。

棘の頭は小さな黒い点にしか見えなくて、なかなか手強そうだ。

「ちょっと我慢して」

美咲の親指の下を絞り上げる。彼女の手が強張り、息が乱れる。そのあとは二人とも押し黙ったままだ。この華奢な手で魚立てをしていたのかと、思いを巡らす。沈黙の中で、彼女の体温、息づかい、かすかだが甘い体臭、掌の軽みが伝わってくる。そのあえかな感覚が陽子の心に触れたとき、しみじみとした愛おしさがこみ上げてきた。

「取れた！」

棘抜きの先に、細い突起物が見える。ほっと吐息を漏らしたのは、二人同時だった。

「ありがとうございました」いつになく馴染んだ声である。

「お薬つけないとね」

美咲を座卓に着かせて薬をつけると、お茶に誘った。初めは「夕飯、まででしょう？」と遠慮をしていた美咲だったが、陽子の気安さに押し切られたように、おずおずと座った。

「スーパーは二交代制なの？」コーヒーを淹れながら訊ねる。

「はい、朝八時半から五時半までと、二時から十時までの二交代です」

「それじゃあ、遅番だと大変ね。それに日曜出勤もあるのよね」

「日曜出勤といっても、別に困ることもないんですけど、慣れるのに時間がかかりました。あのね、曜日の感覚がおかしくなったんです」

「ああ、そうなのね」

何となく顔を見合わせて笑う。それをきっかけに、美咲は出されたコーヒーを飲み、勧められるままに茶菓子に手を伸ばす。

「マルミスーパーまで三十分くらい？」

「もうちょっとかかります。だから、いつかは自転車を買おうと思っているんですけど……。私ね、四月から本採用になったんです。だから、夏にはボーナスが出るんです。初めてのボーナスなんです」

「それは良かったわねえ。私が行ってるスーパーなんか、派遣社員とアルバイトばっかりだもんね。あなたの真面目なのが、きっとわかってもらえたのね」

「最初のボーナスで自転車を買うことも考えたんですけど、それよりも携帯電話を買います。携帯電話を買うのって、けっこう面倒くさいんですってね。ボーナスが出たら友達に一緒に行ってもらうことになっているんです」声が弾んでいる。

「あら、もしかして、友達って彼氏？」

「いいえ」

美咲の返事に、思わず顔を見つめる。彼女の表情は明るく、物言いたげに見えて、もしかしたら本当に彼氏なのでないかと勘ぐった。雨の日のうずくまっていた美咲と、目の前の美咲のギャップにたじろぎながらも、若さとはそんなものだと、変に納得していた。

救急隊員を名乗る男から電話をもらったのは、それから間もなくだった。突然の電話と、その緊迫した声音から、こちらにも緊張が走る。

「そちらのアパートに坂元美咲さんって人がおいでますね。その坂元さんなんですが、交通事故に遭いましてね、今病院に搬送したところです。それで、坂元さんが大家さんにどうしても会いたい言うとります。奥さん、来られますか？ ……ええ、正直なとこ、重体なんですわ」

動転しながらも未だに信じかねる気持ちのまま病院へタクシーを走らせた。

病院の受付でもらった案内図を頼りに、右へ、左へと進んでいく。エントランスの騒々しさとかけ離れ、深閑とした廊下をたどって、ようやく目当ての部屋に着いた。その見慣れない「救急部」という文字の書かれたドアを押すと、一瞬、息を飲んだ。

そこはまるで異次元の領域に見えた。部屋はとてつもなく広い。一定の距離を保って整然と並んでいるベッドは、三十床も四十床もあるように見える。部屋の中で医者と看護師と思しき人たちがうごめき、あるいはせわしなく行き交う。彼らの声もする。電子音もする。だが、張り詰めた空気のせいか、すべての動きも、すべての音も、陽子から遠い。

その異様な空気に、「救急部」とは名ばかりで、美咲は助からないのでないかと不安に襲われた。

目の前を通り過ぎようとする看護師に、あわてて声をかけた。

「交通事故で、先ほど連れてこられた坂元美咲さんはどちらでしょうか」

看護師は内情に詳しいようで、陽子をすぐに案内してくれた。

そこで陽子が目にしたものは、酸素吸入器をつけた美咲と、彼女の死と格闘している医者と思しき四人の姿だった。一人の医者が彼女の胸にパッドを当てるたびに、美咲の身体は人間の行動の限界を超えたように、のけぞって跳ね上がる。跳ね上がるたびに、陽子の胸にも衝撃が走る。

胸の衝撃を抑えて声をかける。

「救急隊の方からお電話をいただきました、坂元さんのアパートの大家です」

誰に言うともなくかけた言葉が震える。その声に医者の後ろに控えていた看護師が顔を上げた。少し探るような目を向けたが、

「こちらに運ばれたときは意識があったんですけど、今はもう……」と首を振る。

「美咲さん！」近寄って、医者の肩越しに呼んでみたが、何の反応もない。

また、身体が跳ね上がる。いたたまれなくなり、あとずさる。息を詰めて立ち尽くしていると、後ろから肩をたたかれた。振り返ると、最初からそこにいたのかどうか、救急隊員と思われる男が立っていた。

「先ほど電話をした者です」男は低い声で言った。「坂元さんは大家さんにお話をしたがってましたけど、もう無理なようですね……」あとは言葉を濁した。

男と話している間も美咲の身体は跳ね上がり続ける。何度も何度も跳ね上がる。

不意に、その身体が動きを止めた。医者の手も止まった。彼女に残っていた、微細な表情が消えていった。

「……」

医者が美咲に与えられていた最期の時間を告げたようだ。美咲を呼び止める声も、泣き叫ぶ声もない。医者が告げた時間のまま、時が止まってしまったようだ。

恐ろしいほどの静けさが周りを圧していた。

それが果たして十分ほどだったのか、ほんの二、三分だったのか。ビデオの静止画像が急に動き出したように、時間が戻ってきた。医者や看護師たちが慌ただしく動き始める。

それを潮に、陽子はそっと廊下に出た。へたり込むように目の前の長椅子に腰を下ろした。

あの娘はとうとう幸福になれないまま死んでしまったと思うと、胸が締め付けられる。それに、たとえ身内がいないとはいえ、最期に自分を呼んでくれたかと思うと、いっそうの哀しみが心の中まで染み込んでくる。

哀しみに浸りながら、陽子は「波戸村の方?」と訊ねたときに「いいえ」と答え、バス停からの帰り道、「お祖母ちゃんはいました」と言った美咲の声が甦った。それはまるで、海の底から聞こえたようで、彼女の深い哀しみが海一面にたゆたっているようであった。

美咲とは少しずつ距離が縮まっていたように思っていたのに、二人の間で波戸村のことは凍結したままだった。陽子には美咲にかけたかったのにどうしてもかけられなかった言葉がある。美咲は美咲で陽子にかけたかった言葉があったのか、反対にかけたくない言葉があったのか。二人の間にかけられなかった言葉に思いを巡らしていると、陽子が愛する村の陰の部分が見え隠れする。それは陽子がこれまでに見てこなかった、風戸村の深い闇であろうか。

どれほどそこに座っていたかわからない。

救急部のドアが開いて、先ほどの救急隊員の男が出てきた。

「残念でしたね。嫁坂の近くで、坂元さんの乗っていた軽トラックが大型トラックに正面衝突ですわ。運転していたスーパーの社員は腕の骨折ですんだんですが、助手席の坂元さんは肝臓破裂でした。本当に残念でした」

男は頭を下げると、重い靴音を立てて去っていく。

陽子は男の言葉を聞きながら、美咲の顔と二重写しに、交通事故の現場を見ていた。瀕死の美咲が救急車で運ばれていく。そのあとには、無惨に大破した軽トラックが一台、ポツンと放置されている。その車を取り巻くように、真っ赤な血の塊がそこかしこに散らばっている。

陽子の目の奥で散らばった血の塊は、まるで首ごと落ちてしまった椿の花に見えた。それはどうかすると美しいとさえ思われる、見事な椿の落下であった。

立ち去る男の背中を目で追いながら、ハッと目を見開いた。

美咲はただ最期を見届けてもらうために陽子を呼んだのでないかもしれない。波戸村を拒み続けた美咲ではあったが、彼女が愛した祖母は波戸村に眠っている。もしかしたら、自分の骨をあの椿の墓に入れてほしいために陽子を呼んだのでないだろうか。

「お祖母ちゃんの所に帰りたい」そんな声が聞こえたような気がする。

陽子の脳裏に波戸村が甦る。

あの風光明媚な波戸村も、ひとたび下りの風が吹くと台風のように吹き荒れ、恐ろしいまでの高波に襲われる。冬には電線に海藻が引っかかることもあるという。その波を押し留めようと祈りを込めて名付けられた波戸村に、強風が吹いている。風は波を逆立て、船溜まりを揺るがし、坂道を駆け上がる。

だが、谷底は風もよけて通るので、ヤスケの家は無風状態である。後ろの崖から裏庭にかけて群生している椿の花も、微動だにしない。だから、ヤスケの墓はいつまで経っても真っ赤な椿の花で怪しく彩られている。

今、美咲は椿の墓に帰ろうとしていた。

葬式の達人

里美には、舅の要蔵の朝の読経は彼の生き甲斐のように思えた。

要蔵の毎朝の洗顔と身支度はそれからあとの読経のことを考えると、身を清める一つの行事に見えた。彼は歯磨き後のうがいを塩水で行い、時間をかけて顔を洗う。それから、今やほとんどなくなった髪を丁寧に梳かす。洗面所から戻ると、真夏であろうと着物をきりっと着て、仏壇の前に背筋を伸ばして正座する。すると、皺を深く刻んだ、白い面長の顔が引き締まる。仏壇は五十年ほど前に、かつて村の素封家であった家から買った中古品である。二百代という大きさに加えて、立派な蒔絵を施してある。「あんときは、えらい高い思うたけど、今から思うと安い買い物やった」と、里美は何度も聞かされた。

要蔵は仏壇の扉を開くと経本を取り出し、恭しく捧げて深く一礼する。ここで必ず咳払いをする。それから読経が始まる。

その声は割れるように大きく、思わず耳をふさぎたくなる。それだけに芯の一本通った、立派な読経だと思う。彼の声は里美が結婚した当初から大きかったが、歳とともにいっそう大きくなった。漁師をしていた要蔵は、高齢の漁師がたいていそうであるように、船の焼玉エンジンのせいで耳が遠くなり、その挙げ句に声が大きくなったのだろう。

若いころの要蔵は人一倍頑丈で、徴兵検査では甲種合格だったというのが彼の自慢であった。その頑丈な身体のせいで漁師仲間では一目置かれ、生涯漁師を続けるのではないかと思われた。だが、ついに六年前に海から身を引いた。何しろ、彼は今や九十七歳にもなる。それでも、声だけはいっこうに衰えていない。

要蔵は生まれも育ちも能登の中ほど、外浦に面した風戸（ふと）という漁師町である。彼の長男の肇と妻の里美が暮らす金沢から車で一時間半ほどの距離にある。里美は要蔵とは嫁と舅との関係がもう四十年にも及ぶし、何かにつけて金沢と風戸を車で往復しているので、付き合いは緊密である。それに風戸は高齢者ばかりの村だから、要蔵と一緒に葬式に参列する機会も多い。だが本音を言えば、里美は舅と一緒に葬式に参列するのが煩わしい。僧侶の読経に合わせて上げる、要蔵の声があまりに大きいからである。彼の声は僧侶を圧倒し、誰が葬式を司っているかわからないくらいである。

もっとも、姑の昌はそんな要蔵に一目置いていた。

「父ちゃんのお経はご院主さんより上手いもんねえ」と、うっとりした顔で褒めそやした。

その昌が二年前、九十歳の誕生日を迎えた三日後に脳出血で倒れた。彼女は半年の病院生活のあと、施設に入所した。それを機に、肇と里美は一人残された要蔵を金沢に引き取ろうと思った。要蔵は家事は一通りできたが、前立腺癌も患っているし、歳が歳である。近所に住む親戚と薬の力を借りて何とかやっているものの、肇の心配は尽きない。

「ねえ、父ちゃん、金沢で一緒に住もうよ」再三勧めるが、

「どうして仏壇を放っておけるか」そのたびに気色ばんだ。

要蔵は九十七年間住み慣れた土地に執着を持っていたし、飼い猫のタマにも思いが及ぶようだ。が、彼が一番こだわっているのは仏壇であった。

それでも里美が知る限り、彼は仏壇に向かって昌の命乞いをすることはなかった。教員の共働きをしていた里美の両親は、共に熱心な信心家だと自認していたが、それは「困ったときの神頼み」ならぬ、頼み事をする対象でしかなかったような気がする。その点、要蔵の信心は「正当」だと、彼女の目に映っていた。

昌の容態は寝たきりで、要介護五である。脳出血の後遺症で目はまったく見えない。今では記憶力もないし、思考力もないに違いない。水やお茶を飲むのにとろみをつけなければ誤嚥し、すぐに死に至るということであった。肇が「母ちゃん」と呼べば「はい」と応えるし、食事を食べさせながら「おいしいか」と問えば、か細いながらも「おいし

い」と答えるけれども、それは反射的に応えているだけで、意思の疎通が図れていると は思われなかった。

それでも肇夫婦や肇の二人の弟は、母はこのままの状態で数年間は生きながらえるだ ろうと思っていた。一方、要蔵の受け止め方は息子たちとは違うものだった。

昌が入院してすぐのときである。寝たきりの状態の昌に、要蔵はどんな言葉をかける だろうと思っていたら、昌を一瞥するや、

「何や、これじゃ、植物人間やないけ」と言い放った。

さらに要蔵は追い打ちをかけるように、

「こりゃあ、もうすぐ死ぬね」

決めつけるように言って、肇を憤慨させた。

昌が施設に入ってからも、要蔵の態度は変わらない。初めて施設を訪れたときも、 ベッドの昌を上から食い入るように見つめていたと思ったら、

「婆(ばあば)は長ないな」ぼそりと言った。

肇はあわてて

「父ちゃん、母ちゃんに聞こえとるぞ」

そう言ってたしなめると、要蔵は「ふん」と言いかねない顔をして、

「もうすぐ死ぬよ」もう一度言って、あとは素知らぬ顔である。

要蔵の昌への素っ気なさは病院や施設を離れても変わらない。

「家の掃除に来てくれんか」

急に思い立ったような電話で呼び出され、肇夫婦が車を走らせて風戸に来てみれば、またもや肇を憤慨させる言葉が待ち受けていた。

「婆な、もう長うないから葬式の準備をせにゃならん。そんで、縁(えん)のを片付けてくれんか」

「父ちゃん、何言うとるがいね。母ちゃんはまだ生きとるがやぞ」

肇は強い口調で言い返した。だが、要蔵は意に介さない。昌が死ねば、おそらく遺体を運び出すであろう、表に面した縁側だけは片付けておかなければならないと、言い張った。

昌は八十歳過ぎまで、要蔵が乗っている漁船から上げた魚を選別したり、箱詰めなどをする魚立(よう)ての仕事をしていた。その傍ら、畑仕事にも余念がなかった。昌は村でも評判の働き者だったが、家の掃除は苦手であった。だから肇たちは要蔵に「葬式の準備」と言われて反発はしたものの、掃除をしなければならないことに変わりはない。二人は

縁側に乱雑に積み上がった不要品の山を前に、あきらめの嘆息をついた。

　肇が小言を並べながらも掃除を始めたので、里美もそれに従った。

　一方の要蔵は椅子に座ったままで、監視役に徹している。

「そこの洋服を箱に詰めてな、……だめ、だめ、その洋服はまだ着れるし捨てたらいかんって。竜の置物、もっと丁寧に扱えま。えい、だらやな、そんなことしたら、壊れるやろう。そんでな、そこの莫蓙をめくってな……」

　要蔵にとっては不要品などないに等しいのだろう。ゴミと思しき物を袋に入れるたびに「まだ捨てたらいかん」と、怒声が飛んだ。

　里美は苦労人でさっぱりした気性のこの舅に、実の父親以上に心を寄せている。折り紙付きの頑固者だが、心根の優しいのもよく知っている。そこはそっくり肇が受け継いでいる。だが、要蔵は年老いて短気になり、頑固に拍車がかかった。そうとわかっているが、こうも指揮官のように怒鳴りっ放しでは腹も立つ。だが、文句を言いながらも結局は要蔵の意のままに動いている肇を見ていると、里美は何も言えなかった。

　そこに折悪しく猫のタマがぬらりと帰ってきた。お腹がすいたのだろう、めったに肇に甘えないくせに、「ナーオ」と甘えた声ですり寄っていく。

「うるさい！」

肇が叫ぶや、タマの茶色い身体が一メートルも飛び上がった。それから外に飛び出した。

その瞬間、要蔵が絶叫した。

「何するんや、怒らんでもいいやろう！」

要蔵の身体が怒りで震える。だが、里美は肇のタマへの対応が、ひところの要蔵とそっくりでないかと、おかしくてたまらない。

要蔵と昌は喧嘩をしながらも仲睦まじかった。年老いてますます喧嘩が増えたが、お互いに相手なしでは生きていけないというのが、ありありと見て取れた。

二人の喧嘩の種と言えば、タマにまつわることが多かった。昌は刺身を作れば夫よりも先にタマにやり、食事中にも魚を畳の上に放り投げる。それればかりか、雨夜にびっしょり濡れて帰ったタマを「かわいやな、かわいやな」と布団の中に招き入れる。しかも昌のタマのかわいがりようは歳とともに度を越していく。だからもともと猫嫌いの要蔵は、タマを目の敵にして、始終叱り飛ばしていた。

ところが、昌が家の中からいなったとたんに、事態は一変した。彼女の猫への思いが要蔵に乗り移ったように、彼の態度が急変したのである。タマはタマで、昌のことはすっかり忘れ、十年前から要蔵の寵愛を受けていたように、家の中で大きな顔をしてぬらりくらりと生きている。

要蔵とタマの暮らしは、近所に住む親戚の手助けで何とかやっている。特に要蔵の甥の辰彦と、昌の姪の葉子は何くれとなく世話を焼いてくれた。辰彦と洋子は同じ五十五歳、肇よりちょうど一回り下である。漁師の辰彦は魚を、葉子は野菜と総菜を毎日のように運んでくれる。特に葉子の世話好きは叔母の昌の遺伝ではないかと言われている。猫好きも叔母譲りである。「おっちゃんが金沢に行くんなら、私がタマの面倒をみてやるから心配せんでいいよ」と常々要蔵に言っているようだ。

風呂好きな要蔵にとって幸いなことは、百円バスで通える場所に町営の温泉施設があることだ。彼は毎日欠かさず朝一番のバスに乗って、温泉に浸かるのを楽しみにしている。ここならば大勢の目が彼を見守ってくれるだろう。

それでも心配は尽きないので、肇は毎朝八時に電話をかけて、父の無事を確認している。要蔵が暮らす風戸は風の強い土地柄で、特に冬には海からの下りの風が暴力的に吹き荒れる。だから冬になると肇の心配はいっそう募る。肇は金沢にいて、少しの風にも敏感に反応した。

「今ごろ風戸は台風みたいやろうな」

「窓はぜんぶ閉めたやろうか」

「納屋のトタンが飛んでいかんやろうか」

肇の父への電話は頻繁になり、時には辰彦に電話をかけて、何くれとなく頼んでいる。辰彦からはめったに電話をくれることはないが、彼から電話があったのは、特に冷え込んだ冬の日の夕食時であった。

「今日、おっちゃん何やら元気なかったぞ。熱があるんでないかなあ。ちょっこし見にこんけ」

それを聞いて夕飯もそこそこに、二人で大急ぎで支度をすると、車で能登に向かった。風戸の家では要蔵はベッドに伏せていた。いつもの元気はなく、大声を忘れたようにか細い声しか出ない。熱を測ると、三十七度二分ある。軽い風邪だろうと少し安心したが、手洗いに行こうとした要蔵の足がもつれる。肇が抱きかかえるように、どうにか手洗いをすませて、あとは頭を冷やして夜が明けるのを待った。

翌日病院に連れて行くと、要蔵はインフルエンザだと診断された。急遽（きゅうきょ）マスクをかけ、車椅子に座った要蔵は、いっそう病人らしくなった。肇と里美はインフルエンザは高熱が出るものと思い込んでいたので、たいそう意外な思いがした。そんなことを薬局の前で話していると、横に座っていた中年の婦人が、高齢になるとその熱を出すエネルギーもなくなるのだと、教えてくれた。要蔵はその声が聞こえているのかいないのか、腐った魚のような目をして、ガックリ首を垂れていた。

その夜だった。肇たち夫婦が要蔵のベッドの脇でテレビを観ていると、

「わし、金沢に行くわ」

要蔵が目を天井に向けたままで、ぼそりとつぶやいた。

英語の教員をしていた肇は退職後、ボランティアで外人相手の観光案内をしている。また、野球のシニアチームに所属したりと、充実した日々を送っていた。里美は美術大学を卒業したものの、若いころは子育てに追われて専業主婦に甘んじていた。それが子供から手が離れたのを機に、美術の世界に戻った。最初は自分でも何をやりたいのかもわからなかったが、十年ほど前から始めた羊毛フェルトアートに生きがいを見出し、今では年に一度、小物の個展も開いている。そんな生活を守るために、肇たちはどうしても金沢を離れられなかった。

肇の二人の弟はいずれも県外に住んでいるので、両親の面倒を見るのは自分たちだと、夫婦で暗黙の了解をしていた。肇たちは八年前に家を新築している。二人の娘は嫁いでいるので、こぢんまりした家と思ったが、年老いた両親をいつでも迎え入れられるようにと、老人部屋だけは確保した。

その老人部屋に簡易ベッドを置き、衣装ケースも三つ買い揃えた。家の中はバリアフリーである。老人部屋の向いにあるトイレは広いし、お風呂も年寄りに優しい作りである。そしてどこを見回しても、風戸の家よりは格段に清潔である。

だが、どんなに快適な居場所を提供しても、要蔵の本音は風戸がいいに決まっている。インフルエンザを患って心細い思いを味わった要蔵は、「金沢に行くわ」と言ったものの、身体が元に戻ると、やはり二の足を踏むようだ。それでも病気になったときのことを思えば、不安に駆られる。その要蔵がぎりぎりの妥協からたどり着いた結論は、月の前半を風戸で、後半を金沢で暮らすというものだった。

こうして要蔵の金沢と風戸との半月刻みの生活が始まった。

金沢に来てからの要蔵の食欲は旺盛だった。

「食べれんがになったなあ」

要蔵は何かにつけてぼやくけれども、ご飯は三食、大振りの飯茶碗にたっぷり一杯は食べる。晩酌も欠かさない。里美は最初、金沢の魚が義父の口に合うかと心配したが、案外おいしそうに食べてくれた。肉だって里美よりは食べる。しかも間食をよくする。バナナが特に好きで、どうかすると、「ごちそうさま」と箸を置いてすぐにバナナを食べ始めるので、そのたびに肇をあきれさせた。

彼は朝食後、時間をかけて新聞を読む。また、手身近にある本なら、週刊誌であれタウン誌であれ、何でも読んだ。彼は幼少のころ継父の元で育ち、諸々の事情で小学校にもろくに通えなかったということである。里美には、彼が活字に飢えていた若い日を補っているように見えた。

里美は朝の家事が終わると、要蔵を散歩に連れ出す。彼女の足で五、六分で行ける犀川までの道のりを、要蔵は杖をつきながらよろよろ歩く。時々足を止め、大息をつき、また歩き、また足を止めて背筋を伸ばし、また歩く。十分もかけてようやく犀川にたどり着いた。そうして、よろぼいながら堤防に腰を下ろす。要蔵が年齢不相応に食べ、声は大きいといっても、老いは確実に要蔵を虫食んでいると、里美が思うのはこんなときだ。

彼は堤防に座ると頭を上下、左右に巡らす。目にするありとあらゆるものに興味を示し、雲の動きや、地面を這う蟻にも心を動かされるようだ。

「あの雲な、羊に似とるな」と杖を高く掲げ、目を下に移すと、戯れるように蟻の行く手を杖でふさぐ。また、彼の関心は川に浮かぶ鴨にも向けられる。

「十三羽」とつぶやく、

「昨日は十五羽おったんに」と不満そうだ。

里美は要蔵のために、いつもパンの耳を時々ポケットに忍ばせた。要蔵を堤防に残して河原に下りると、川面にパンくずをばらまく。鴨は向こう岸近くからめざとく見つけ、滑るように泳いでくる。そして、いつの間にかその数が増えている。要蔵の目は衰えているはずなのに、パンを競って食べる鴨を、いつでも食い入るように見つめている。里美がパンをやり終えて階段を上がっていくと、

「十八羽おったよ」満足そうな笑みを浮かべた。

里美も要蔵と並んで堤防に腰を下ろす。

「お義父さん、この間大学のクラス会に行ったらね、七十人のうち、もう八人も亡くなったんよ。多いと思わん？」

それに対する要蔵の反応は早かった。

「わしの同級生ではわしのほかに、もう一人しか残っとらんよ」

澄まして応える彼の表情に、優越感がにじんでいる。返す言葉を失った。

そういえば、彼はリビングルームでくつろいでいるときに、時々長袖をまくることがある。次いで腕を高く上げ、もう片方の手で腕を撫で上げる。それはまるで、たるんだソックスをたくし上げるようだ。そして腕を観察するようにまじまじと見つめる。次いで、一言。

「信じれんほど細うなったなあ」

何度となく見る動作、何度となく聞く言葉である。その繰り返される言動に、彼の気持ちが垣間見える。里美は「お義父さん、それは年相応というもんや」と言いたいところを、我慢した。

里美が要蔵の散歩と食事の世話をして、肇が入浴と就寝の準備を手伝う、そんな役割分担が自然にできあがった。

里美が夕食の支度をしていると、お風呂の脱衣所から二人の声が聞こえてくる。

「ここに座ってズボンぬぐまっしま」

「パンツは毎日替えんといかんやろう」

「入れ歯は寝る前に必ず洗わんとだめやぞ」

肇の声は次第に大きくなる。それにつれて要蔵の声も負けず大きく、次第に苛立っていく。だが、要蔵が何を言っているのか里美にはわからない。毎晩繰り返される声の応酬はまるで喧嘩である。そしてついに、要蔵の声が正気失ったような怒鳴り声に変わる。それも毎度のことだ。

そもそも肇が要蔵に少しでも言い返そうものなら、ヒステリーを起こしかねない。彼は少しでも自分の思い通りにならないと怒り、それ以前に、自分の思いが通るか通らないか、待つことができずに怒り出す。彼はすべてに性急であった。要蔵の怒りはめったに他人に向けられないので自制心は残っているようだが、息子たち、特に肇には我が儘の極みで、我慢というものをしない。肇への怒りが頂点に達すると、声を絞り、地の底から怒りが湧き出たように、がなり立てる。そして、しまいには、あの大声が絞り滓のようにかすれ、震えながら途切れていく。

肇に言わせると、口論の非はすべて父親にある。だが、そこは父を立て、我慢我慢で、おとなしく引き下がっているつもりらしい。里美から見れば、確かに夫が正しいかもしれないが、父に返す言葉がきつすぎやしないかと、はらはらしている。ところが、二人

の口論を見た肇の友人は、

「どっちもどっち、まるでガキ大将同士の喧嘩やね」と面白がる。

要蔵の正気を失ったような怒りは寄る年波のせいだろうが、反面、彼の頭は少しも衰えていない。里美が要蔵と暮らして、彼の頭がいかに明晰かと驚くことが多かった。新聞や本をよく読むことでもそれと知れるが、テレビでもクイズ番組や刑事ドラマを好んで観ている。彼の頭の良さは特に金銭感覚に抜きん出て、昌の施設にかかるお金や、自分の預金口座、生命保険などはしっかり把握している。だから彼の性急さと度を超した怒りは、年齢相応の身体の衰えと、年齢不相応の頭の良さとのアンバランスからくる爆発かもしれない。

もっとも、要蔵がいかに頭脳明晰といっても、そこは九十七歳の老人で、彼の一日の大半は寝ているといっても過言ではない。

「お義父さん、クイズ入れとくね」

里美はフェルトの仕事をするときに、リビングルームに一人残す要蔵のために、前もって録画しておいた彼の好きな番組を入れることにしている。すると、要蔵は今や彼の指定席となったソファに居住まいを正して座り、テレビを大音量にする。頭がくらくらする音量である。彼女は逃げるように二階に上がり、仕事に没頭する。

しばらくして里美が要蔵の様子を見に下りてくると、彼は決まってソファから滑り落ちたように床に寝転び、間延びをした顔で眠りこけている。かつてはたくましく日焼けした顔も今や生白く、このときばかりは無防備で、かつての筋骨隆々の面影はどこへやら、日頃よりもずいぶん小さく見えた。テレビの音だけがむなしく響いていた。

身体が思うように動かなくなった要蔵は、もはや寝るしか道がないのだろうか。あるいは要蔵のために、もっと時間を割くべきだろうか。いや、肇は月の半分とはいえ、父親を金沢の家に引き取るときに「自分たちの生活をなるべく犠牲にせんとこう」と里美に提案したのである。「無理をすれば必ずどこかにほころびが生じる」という理由であった。

それでも、日中、寝てばかりいる義父を見ていると、里美の良心が痛む。

もっとも、月の半分、風戸にいるときの要蔵も、ほとんど寝ているらしい。以前は客の出入りの多かった家だが、その客たちが一人、二人と病院や施設に入り、そのうちに一人二人と死んでいった。彼の三人の弟でさえも先に逝ってしまった。風戸に一人取り残されたような要蔵にとって、お経を上げることと、寝ることだけが仕事なのかもしれない。百歳近くまで生きるということは、こういうことなのかと、しみじみと思う。

「自分たちの生活を犠牲にしない」と言いつつも、要蔵が金沢にさえいれば、肇は極力父を外に連れ出すように努めている。肇はガイドをしているだけのことはあって、さすがに金沢に詳しい。ドライブをしていると、金沢で生まれ育った里美にも新しい発見があり、三人で出かけるのを心待ちするようになった。

だが、要蔵は金沢のどんなところに行くよりも、昌の施設に行くときに一番嬉しそうな顔を見せた。

「昼から母ちゃんのとこ行ってくるか」

うっかり口を滑らせようものなら、要蔵は一時間も前から帽子を被り、コートを着て待っている。何事にも性急なのはいつものことだが、「まだか、まだか」と肇をせっつくので、また小言をもらう。

ようやく金沢の郊外を抜けて、施設に近づいたときも同様である。まだ施設が見えぬ先からシートベルトを外して、肇を怒らせる。施設に着いたら着いたで、車が止まるや否や転げ落ちるように下りて、あとを一切顧みず、杖もつかずに歩いていく。両手を後ろに組み、腰を二つに折っているので、彼に見えるものといえば地面だけのはずなのに、その足は驚くほど速かった。

肇たちが施設の受付をすませ、ようやく昌の部屋に行くと、何食わぬ顔で座っている要蔵の様子は、まるで一時間も前からそこにいるようだった。

三人で愛おしむように昌の身体をさする。要蔵は背中を、里美は腕を、肇は足をさする。昌の腕は訪れるたびに細くなっていくようだ。蛇の抜け殻のようになった腕だが、それでもすべすべしている。それに魚立ても畑仕事もしなくなった昌の手の甲は、彼女の生涯で一番白くて美しいかもしれない。

「婆さま」

要蔵が呼びかける。小学校の授業中、友達を呼ぶような声である。いつもの返事はなく、唇だけがかすかに動いた。

「母ちゃん、父ちゃんやぞ、わかるか」

肇が昌の耳元で声をかけると、かすかに首が頷いた。要蔵は反応の鈍い昌にじれて、

「ホイ、ホイ」と、昌の両手を持って上下に振る。

どうかするとそれが乱暴になるので、昌の首が危なっかしく揺れる。

「もうちょっと優しくしまっしま」肇がたしなめると、

「婆、気持ちいいよなあ」

要蔵は上目で肇を見据えながら、昌の両腕をいっそう激しく振り付けた。

やがて、昌の焦点の合わない目がまどろみ始め、まぶたが下りる。

「静かに寝かしとかんか」肇が小声で言った。

こんなときは、耳の遠い要蔵にも聞こえるらしい。要蔵は肇を挑発するように、自分の顔を昌の間近に寄せると、

「ワッ」

驚かすように大声を上げた。それから

「婆ば、もう長ないよ」と言い放ったと思ったら、

「帰るぞ」

捨て台詞を残して、もう部屋の戸口に向かっていた。

要蔵を追うように肇たちも外に出ると、彼は車の前で惚けたように立っている。やがて車が動き始めると、

「婆には苦労かけたからなあ、わしが一日でも長生きして、婆には立派な葬式を出してやるんや」しんみり言った。

電話の音で飛び起きた。時計を見ると二時を少し回ったところだ。要蔵が風戸にいるときならば、父親に何かあったかと寒気が走っただろうが、要蔵は今、階下で眠っている。それでも夜中の電話は不吉な予感がする。里美の眠気は一度に覚めた。

「こんな夜中に、ごめんね」

電話の声は葉子だった。

「うちのお義母さんね、さっき死んだげ。悪いけど、おっちゃんに代わってもらえんけ」

そういえば、葉子の姑は病院に入院していると聞いていた。電話の子機を手にして階下に下りる。肇も里美のあとを追って、下りてきた。要蔵に声をかけるとすぐに起きて、ベッドの上で子機を耳にしっかり当てた。

電話で話す要蔵の言葉の端々から、病院から運ばれてくる姑の遺体の扱いや、お寺への連絡の時機を、要蔵に訊ねているらしい。それに答える要蔵の声が活き活きしている。まるで二十歳は若返ったみたいだ。里美には、要蔵が人の不幸に遭遇したのでなく、幸福に遭遇しているようにしか聞こえなかった。

電話が切れると要蔵はベッドから下りて、リビングルームの電話の前に陣取った。

「父ちゃん、電話をするんなら、朝になるまで待つまっしま」

今は夜中の二時過ぎである。だが、要蔵は肇の声などまったく無視して、番号を口にしながら電話の数字を押していく。

「父ちゃん、今何時やと思うとるが」肇の声が大きくなる。

一方、受話器を持つ要蔵の顔が真剣味を帯びてくる。死にかけていた老人が、急に息を吹き返したみたいだ。

「親戚への電話なら、父ちゃんがせんでも、葉子がするよ」

肇の声は要蔵に届いていない。要蔵は方々の電話番号を押しまくる。だが、どこの家でも電話に出なかったとみえて、やがてがっかりしたように受話器を置いた。

翌朝、いつもより早く起き出した要蔵は、

「風戸に帰るぞ！」叫ぶように言った。

「父ちゃん、葉子ん家のお通夜にも葬式にも行かんでもいいぞね。父ちゃんは九十七やぞ。風戸におるときならともかく、金沢におるんやもん、行かんとくまっし」

肇が言うが早いか、要蔵の怒りが爆発した。全身全霊で怒りを表し、狂犬が吠えまくっているようだ。さすがの肇も狂犬には勝てるはずもなく、風戸行きを了承せざるを得なかった。

里美は急ぎのフェルトの仕事があったので、肇一人が要蔵を風戸に送ることになった。見送る車の中では、憮然とした肇とは対照的に、要蔵の何と晴れ晴れした顔であったことか。

風戸は年寄りだけが取り残されたような集落である。要蔵が半月ごとに金沢に身を寄せている間にも、すでに四件の葬式があった。そのたびに彼は嬉々として風戸に戻り、葬式では僧侶よりも立派なお経を上げて、その存在感を示した。また、葬式に関しては生き字引のようなものだから、実際に要蔵は頼り甲斐があるのだった。

「まあ、葬式の達人みたいもんやね」肇は苦笑を漏らしながら皮肉交じりの言葉を残して、車を発進させた。

風戸に葬式でもない限り、要蔵の金沢での生活は淡々と過ぎていった。里美は要蔵が金沢に来てからというもの、頻繁に犀川に行くようになった。一緒に眺める犀川の移ろいゆく景色を通して、これまで以上に季節の変化に敏感になった。遠くに見える銀色に輝く山が次第に地肌を見せ、やがて眠ったような山肌に変様し、それが空に溶けたように薄くかすんでいった。風の向きによって、草いきれが気持ち良く鼻腔をくすぐる。

このころは、要蔵も金沢の生活にすっかり馴染んだように見えた。反面、風戸で一人食べる食事には特に孤独を感じるようで、「寂してかなわん」、辰彦や葉子に幾度となく愚痴をこぼしているそうだ。それを葉子から聞かされた肇は、

「もう半月ずつと言わんで、このままずっと金沢におるまっしね」

再三要蔵に言うが、要蔵はやはり、

「仏壇を放っておけるか」と突っぱねるばかりである。

風戸では要蔵の一番身近にいて、彼の孤独を癒やしてくれるのはタマである。そのタマが最近食欲もなく、元気がないと、要蔵は電話口で切々と訴えた。

肇たちが月の半ばに要蔵を風戸に迎えに行ったときにも、

「タマの元気がないんや」と彼は真っ先に嘆いた。

確かに、いつもは里美たちが風戸を訪れたときには、たいていタマの出迎えを受けたものだが、その出迎えがない。要蔵の話では外を出歩く元気がないというので、家にいるのに違いないだろう。それで肇と二人で屋根裏や納屋を探し回った。納屋に積み上がった段ボール箱や、長年使われていない餅搗(もちつ)きの道具の後ろまで探すけれども、どこにもいない。とうとう諦めかけたときに、ふと思うところがあって、義母が施設に入っ

てからは使っていない納戸に足を踏み入れた。

とうとう見つかった。タマは納戸に積み上げられた布団の陰で、小さく丸まっていた。

「タマ」

呼びかけると、何の感情も見せずに、力のない目でこちらを向いた。近寄って背中を撫でると、手がごつごつと背骨に触る。「こんなに痩せて、かわいそうにねえ」、言いながら顔を見ると、頬に傷がある。化膿しているようだ。もしかしたら、そのせいで食べられなかったのかもしれない。

とにかくも、タマが見つかったのだから要蔵がどんなに喜ぶかと思っていたら、いたって冷静である。それればかりか、タマの傷のことを伝えると、

「タマはもう死ぬよ」

確信めいた口調で言った。どこかで聞いた台詞だ。さらに要蔵は追い打ちをかける。

「そんでな、この間、辰彦に穴を掘ってもろうたわ」

里美には要蔵の言っていることが理解できなかった。肇も一瞬、訝しそうな顔を見せたが、すぐにそれと察したようだ。

「穴？　父ちゃん、もしかしたら、死んだタマを入れる穴か」大声を上げた。「父ちゃん

は何を考えとるんや！」

今度は嘆くような口調である。

あきれながらも肇たちが家の裏に回ると、竹藪の片隅に、なるほど、特大スイカほどの大きさの穴が掘ってある。二人は言葉を忘れ、顔を見合わせ、しばし突っ立っていた。

やおら、肇が口を開いた。

「辰彦も辰彦や。タマの死んだときの穴って知って掘ったんやろうか」

「辰彦さんやって、お義父さんに頼まれたら断れんかったんと違う？」

「金沢におって、死んだような父ちゃんも可哀想や思うけど、ここにおったら、何をするか、わからんわ」

「納屋のときも、そうやったね」

「あんときは驚いたなあ。今思い出しても腹が立つわ。父ちゃんは身体が動かんぶん、いらんことばっかり考えるんや」

話題に上がったのは、半年ほど前の出来事だった。

要蔵が暮らしている家はすっかり老朽化している。その上、大きい納屋がある。肇たち兄弟は誰一人として風戸に戻る予定はないので、要蔵が死ねば、この古い家は壊さざるを得ないだろう。昨今、家を壊すのにかなり金額が嵩むと聞いている。訊けば、要蔵は相応の預貯金を持っているというので、それが救いだった。

「父ちゃん、せめて今のうちに、納屋だけでも壊してもらえんやろうか」

肇の懇願に要蔵は二つ返事をしてくれたと、彼は里見に笑顔を見せた。ところが、納屋を壊す手配をしようと風戸に来て、驚いた。肇たちは納屋の前でしばし呆然と立ち尽くした。壊す予定であった納屋の外壁が、きれいに塗り替えられていたのである。

そんなことを思い出しては、肇は顔をしかめる。

「とにかくや、タマはまだ死んどらん！」彼は怒りをぶつけるように、足に止まっていた蚊を、思い切りたたきつぶした。

その後、手当てをしたタマの頬の傷は完治して、今では死ぬ気配などどこにも見当たらない。それればかりか以前に増して元気に飛び回っている。そして要蔵の「いらんこと」は、いっこうに治まる気配はない。

「ブンサの法事のときにな、仏間の床が落ちたんやと。シロアリらしいぞ。うちもな、婆の葬式に床が落ちたら大変や。そんで、一度大工に見てもろうわ」

要蔵に言われるまでもなく、肇は能登で「デ」という、客間の床が落ちているのを知っていた。足が畳に沈むのを里美に見せて、「根太が傷んどるんやろうなあ、シロアリやろうか」と言ったこともある。だが、シロアリの被害は目に見えないだけに、修繕は大ごとになるかもしれない。要蔵が死ねば壊してしまう家である。最近はこんな田舎でも斎場があるので、家で葬式をする家はどこにもない。今更修繕などもってのほかだ。

こんこんと要蔵に言い含めたので、彼も納得しているはずだった。ところが、知らないうちに大工との交渉が進んでいたとみえて、肇が気がついたときには、修繕が始まっていた。その上、床をめくるとシロアリ被害が家中にはびこっていたとかで、肇の危惧した通りに大ごとになった。終わってみれば、シロアリに食い荒らされた箇所ばかりか、そこら中の襖も障子戸も新しくなって、どこの家かと見まごうばかりである。

複雑な心境で立ち尽くす肇たちに向かって、要蔵は自慢げに言った。

「どうや、良いがになったやろう」

その要蔵の顔を見ていると、里美は複雑な心境になるのだった。お金は肇たちが払ったわけではない。要蔵がこんなに目を輝かすことができるならば、それは決して「いらんこと」ではないのではないかと。

肇も思うことがあるようで、布団に就いてから、ぼそりと言った。

「父ちゃんが金沢に来れば、僕らに引き取られる格好になる。だけど僕らを風戸に迎えれば、たとえ身体が動かん、寝てばっかりの父ちゃんでも、この家のご主人様に違いないんや」

「そう。私ね、金沢におるときのお義父さんが幸せやとは思えんのや。お義父さんが喜ぶかと思うて、どこに連れてっても、今日みたいな、あんな嬉しい顔を見たことなかったもん」

「ほんなら、ずっと風戸に置いておけるかというと、それはできん。たとえ金沢におって、寝てばっかりの生活でも、仕方がないんや」

それならば、自分たちが風戸に移り住むしかないのだろうか。里美はそう思ったが、口には出せなかった。それよりも、望むと望まざるとに関わらず、いずれ近いうちに、要蔵の身体にも限界が来て、独居生活にも終わりが来るだろう。里美はやるせなく思いながらも、眠りに落ちていった。

「おっちゃん、死んだぞ」

辰彦からの電話はあまりに唐突だった。その声は最初、里美の耳を素通りしただけである。

「あんなあ、温泉の脱衣所で倒れとったんやと」

里美が何も応えないので、辰彦はもう一度言った。

「おっちゃん、死んだんやぞ」

里美にもようやく辰彦の言葉の意味が飲み込めた。彼女の凍りついた心を、横でテレビを観ていた肇は敏感に感じ取ったらしい。すぐに受話器を奪うと、辰彦と話し始めた。

里美は日頃から肇に、「年寄りというもんは、どんなに元気に見えても、いつ何時終わりが来るとも限らん」と言われて覚悟はしていたつもりだった。だがいざ死に直面すると、その覚悟がいかに生半可なものだったかを思い知らされた。それに比べて、父親が亡くなったという知らせにも、動転もせず、てきぱき答える肇を、里美はぼんやりと、だが、崇(あが)めるように見守っていた。

「わかった。辰彦、いろいろありがとうな」

電話は切れた。

電話が切れたあとも、里美には義父が亡くなったという実感が湧かない。何だか身体全体が重い荷物を負ったような感覚だけがあった。肇はそんな里美をよそに、てきぱきと風戸に帰る準備をしている。折悪しく今日から三日間、ガイドの予定が入っていた。五月の連休がすんだとはいえ、まだまだ行楽日和が続いている。肇の代わりを探すのに一苦労で、どうにか目処が立ったのは一時間もしてからだった。

急ぎ車を走らせる。二人を乗せた車は金沢の市街地を通り抜け、このころになって、ようやく里美にも悲しみが襲ってきた。半年ごとの義父との生活は二年に及んだ。彼は肇にはいつも怒鳴り声を上げていたけれども、里美には決してそういうことはなかった。要蔵との何気ない日常のあれやこれやが思い出される。一つ一つの出来事の記憶が掘り起こされて、里美の中に心地良く留まっていた。

肇はいつまでも父親の死に触れなかったが、車が「のと里山海道」にさしかかったころになって、

「父ちゃんは母ちゃんよりも先になったなあ」ふとつぶやいたが、それきりであった。

やがて肇は父親の思い出を語り始めた。里美が肇の顔をうかがうと、その目は街道の遙か先、空を突き抜けるようにさえ見えた。

「小さいときにな、父ちゃんに引き縄漁に連れてってもろうんや。月明かりが海の上で揺れて、そりゃあ美しかった。父ちゃんは右手で櫓をこぎながら、左手で縄を引くんや。

ギイ、ギイってね、船をこぐ音が今でも聞こえてきそうや」

里美は夫の思い出話を聞いていると、海の上で船に揺られているような錯覚にとらわれていた。

肇の思い出話はいつまでも続いた。

ようやく風戸の家に着き、玄関の戸を開けると、家中がざわついている。玄関から見える台所では数人の女が動き回り、反対側の「デ」からも声が聞こえてくる。面食らったのは肇も同じようだが、

「隣組の連中らしいぞ」靴を脱ぎながらささやいた。

里美にはまったく見ず知らずの人に出迎えられたような気がしたが、そのうちに知らないと思った顔が見知った顔に変貌を遂げる。その中に辰彦や葉子の顔を見つけたときには、心底ほっとした。当然ながら県外にいる二人の弟もまだ来ていない。この家には要蔵の家族の一人もいないというのに、すでに弔事の支度が始まっているのだ。すべては隣組の采配であった。

「皆さん、ありがとうございます」

肇があちらにもこちらにも頭を下げ、里美もそれに倣って頭を下げながら仏間に入る。

仏間では仏壇を大きく開け放ち、辺りに線香の匂いが漂っている。その前に布団が延べられ、顔に白い布を覆い、布団にくるまっているのが要蔵の遺体らしい。嵩が悲しいほど低かった。肇は布を外すと両膝をついたままで、息を殺して父親を見つめた。それから「父ちゃん、父ちゃん」と呼びかけて、それはまるで、要蔵の返事を待っているように聞こえる。やがて、「父ちゃん、父ちゃん」は悲痛な色を帯びて、肇は要蔵の頭を抱えると、頭から頬をいつまでも撫で続けた。

仮通夜のために一人、二人と年寄りがやって来た。どこにこんなに年寄りがいたのかと思うほどである。彼らは要蔵に手を合わせると、仏間と隣り合った「デ」に黙って座り、隣組の小母さんたちは相変わらず台所で動き回っている。弔問客へのお茶出しや、親戚連中の夕食の準備は、里美の知らないところで滞りなく行われている。肇と里美は要蔵の側で、次々と訪れる人たちに挨拶さえしていればいいらしい。

「爺ちゃんな、家をこんなにきれいにして、自分の死に時を知っとったんかねえ」弔問客の一人が言った。

「ええ、どんなに大勢の人が来ても、床は落ちんわね」肇が自慢げに応えた。

床が落ちれば怪我人も出て、葬式までのてんやわんやがあり、葬式本番では、本来の意味とは別に気が滅入ったに違いない。

「温泉で倒れとったんやってね」次の弔問客が言った。

「ええ、父ちゃん、温泉に入って、身を清めて死んだわね」

「一日も寝込まんで、楽でいい死に方やねえ」

「ええ、手間もかけんと、子供孝行な親やわね」

肇は弔問客にそう応えて、あとは独り言のように、

「ほんでも、父ちゃんのお経がないと、寂しいなあ」と嘆息を漏らし、

「やっぱり父ちゃんは葬式の達人やなあ」とつぶやいた。

里美はふと気がついて、辺りを見回したが、タマがいない。家中を探し回ってもどこにもいない。里美は何となく、タマは竹藪の穴の中に帰っていったのではないかと思った。

しずり雪

金沢の東山界隈は一面の雪だった。江戸時代に茶屋として栄えた古民家も、道ばたの柳の木も、昭和の置き土産のようなレンガ造りの洋食屋も、すべてが雪の中にあった。

昨夜私が金沢に着いたとき、夜の明かりの中に風花が舞っていた。スカートの裾を翻す風の冷たさに、思わず身が縮んだ。

一夜明けると、ホテルの窓の外に拡がる町は、神々しいばかりの白い世界に変わっていた。お墓参りは午後からと決めていたけれども、少しでも早く雪の中を歩いてみたくて、朝食をすませるとすぐに、バスに乗った。茶屋街近くのバス停で下り、真っ直ぐ法勝寺に向かう。

法勝寺は東山寺院群に数ある古刹のうちの一寺である。茶屋街からの道筋は、この町特有で複雑に入り組んでいる。迷路のように曲がりくねった細い道を、ぬかるみに足を取られながらも、確かな足取りで歩いていく。法勝寺に行くのは一年に一度、今年で五度目になる。

名も知らぬお寺の土塀に沿って、緩やかな坂道を登っていくと、目の前で不意に、木の枝から一塊りの雪がふわりと落ちた。落ちた瞬間に、塀の中の木の一枝が跳ね上がる。

「あっ」声を上げそうになった。

それと同時に、「しずり雪」という言葉が甦った。四年もの間、思い出そうとして、どうしても思い出せなかった言葉だ。

「しずり雪というのは、枝から落ちる雪のことなんだ」

そう教えてくれた人の顔が浮かぶ。

雪の重みに耐えてきた枝がとうとう耐えきれなくなり、一瞬の緊張を経て跳ね上がる。そして雪は静かに落ちていくのか。

それが彼の姿と重なる。すると、胸の奥のしこりのようなものが痛んだ。日頃は彼への思いはじっと息を潜めている。だが、埋み火のようにいつまでも消えず、いったん息を吹き返すと再び炎を上げる。が、やがてそれは下火となり、あとにはやるせない喪失感だけが残った。

しずり雪をそっと両手に掬い、ハンカチに包んだ。お墓に手向けようと、再び坂道を登り始めた。

私が中学時代に一時期住んでいた松戸のアパートの近くに、不思議な一家が暮らしていた。七十代と思われる男女と、六十代と思われる女性、それに小学低学年の女の子の四人家族である。この七十代の男女が夫婦のように見えたが、もしかしたらこの組み合わせは間違っていたかもしれない。いずれにしても、余った女性一人は何者かというと、まったく見当がつかない。あるいは誰かと誰かが兄妹なのかもしれないと思ったりもしたが、三人の顔は似ても似つかない。そもそも夫婦などどこにもいないのかもしれない。そして、この女の子はこの中の誰かの孫かもしれないし、まったく赤の他人かもしれない。私は時々、つまらなそうな顔で独り歩く、下校途中の女の子に出会ったが、それ以外にはいつでも四人一緒だった。出会うのはたいがい通り道だが、コンビニでも本屋でも出会った。いつも四人が一緒なので、いっそうこの家族関係を不思議に思ったものだった。

私たち――立花と私、そして昂(こう)の三人が東京から金沢に越してきて、初めて揃って出かけたときに、思いがけずあの四人家族のことを思い出したのは、たぶん三人の関係に引け目を持っていたからだろう。

私たちが住んだのは、金沢の中でも特に古い因習がはびこっているような町だった。それでも町内の人たちにとって、初めは何気ない三人だったに違いない。立花が六十四歳、私が三十八歳、昴が四歳である。立花は七十代に見えるくらい老け込んでいるが、それでも一般的には親子三代といったところだろう。まあ、立花と私が親子でなければ、夫婦だろうかと訝しんだところで、世間ではこんな夫婦がいないわけではないから、多少の興味を引かれた程度だったろう。

とにかくも、この町に住むに当たって、立花と私がまったく赤の他人であることを、ことさら公表したくはなかった。それは三人の関係が不純だからでなく、その不純でないことの説明が面倒くさかったからだ。だが、町会長に戸籍届のようなものを提出しなければならなかったので、その用紙に「立花修司」、「七尾朱里」、「七尾昴」と書き込んだあとに、はたと困った。用紙には所帯主を書く欄と、それぞれ所帯主との「続柄」を書く欄がある。所帯主は立花でいいとして、あとはどう書けばいいのだろう。昴は私の二人いる息子のうちの一人で、私と立花との関係はといえば、立花は膵臓癌で余命幾ばくもない病人であり、私はその介護人である。さんざん迷った挙げ句に、「他人」と書いた。たとえ「介護人」と真実を書いたとしても、せいぜいが不倫関係だと疑われるのが落ちだろう。その町会長のせいかどうかはわからないけれども、この町に馴染むに従って、町内の人々の私たち三人への興味が、次第に高まっていったのを肌で感じた。

もっとも、隣家の中條夫婦には初めから事情を話しておいた。私たちが住み始めた家は、立花の母親が晩年を暮らした家だった。母親は同居していた長男の嫁と仲が悪かったので、長男が亡くなったのを機に別居した。折しも立花の会社が景気の良かったこともあり、彼が母親のために建売住宅を購入したのだった。それ以降、立花は帰省するたびに母親の家に身を寄せて、年の頃も似ていたせいもあり、中條さんとは懇意にしていたということだった。

二軒の家の裏にそこそこの庭があり、低いフェンスで仕切られているだけなので、中條さんのご主人とはそこでよく顔を合わせた。私は生まれも育ちも千葉で、それまではアパートとマンションの生活しか知らなかったので、庭のある暮らしが嬉しくて仕方がなかった。庭には立花の母親が手がけていた名残だろう、紫蘇が繁っていたり、マリーゴールドが咲いていたりする。真夏の早朝、庭に出るといっせいに蚊の攻撃を受けたが、殺虫剤をまき散らしながら、庭の手入れをした。するとあとから隣のご主人が出てきて、決まって、

「修司さん、どうですか?」と、立花の身体を心配してくれた。

時には庭になったキュウリやトマトをもいで、「どうぞ」とお裾分けもしてくれる。立

花の在宅医療専門の医者の紹介も、昴の保育園の紹介をしてくれたのも、庭で立ち話をしながらであった。どんな情報でもインターネットに頼る時代だが、中條さんから得る情報は心がこもっていた。中條さんは「定年になって、することがなあて」と、そんなに広くもない畑に精を出しているようだった。

立花を犀川の散歩に誘い出してくれたのも、ある朝の中條さんの何気ない一言からだった。

「朱里さん、昨日、犀川で珍しくササゴイを見たよ」

「ササゴイって、鯉ですか？」

私が訊ねると、立花が横から口を出した。

「七尾、鳥だよ、鳥、サギの一種だ」と軽く笑い声を立てる。

縁側に隣接した座敷で寝ている立花に、中條さんの声は直接届かないが、時々こうして私を介して話に参加することがある。

「立花さんは本当に何でも知っているんですね」

思わず漏らした私の言葉を遮って、中條さんは

「修司さん、どうです、家に閉じこもってばかりいないで、たまには犀川に散歩でも行っ

たら」

立花の方に向かって大声を上げた。

「犀川かあ、行ってみようかな」

中條さんにでも私にでもなく、ふと、漏らした。

立花は末期癌といっても、まだまだ自力で歩ける。ところが金沢の大学病院へ行ってからというもの、まったく出歩かなくなった。彼は在宅医療を選んだが、二週間に一度は抗癌剤の注射を打たなければならないし、当然ながら設備の整った大病院と手を切れるわけがない。東京の病院からの紹介状やカルテなどを渡したものの、新しい病院ではあちらこちらと回されて、くたびれ果てたようだ。

彼は病人にしてはかなり太っている。病気をしても痩せないのではなく、ずいぶん痩せたけれども、まだまだ太っているのだ。元気なころの彼を一度でも見たことのある人ならば、その異様な風貌に圧倒されただろう。身長は一六七センチある私よりも少し低いくらいで、その身体のどこでもいい、一カ所を一突きしようものなら、パンクしそうだった。下膨れの顔が異様に長く見えたが、それは額が禿げあがっているのと、顎と首の境目がわからないくらいに太っていたせいだったろう。

彼はもともと歩くのを億劫がっていたが、病気になっていっそう歩かなくなった。だが、病院で車椅子を勧めると、「まだまだ歩けるものを」と拒んだ。そのくせ病院ですっかり歩く自信をなくしたのだろう、いっそう歩くのに嫌気がさしたようで、どれだけ散歩を勧めても応じなくなった。

そんな立花が散歩に行く気になったのだから、気が変わらないうちにと、「中條さん、立花さんが散歩に行くそうですよ」と、中條さんに向けた言葉だが、立花にもしっかり届いているはずだ。

犀川は立花にとって思い入れがある。幼いころに川端に住んでいたらしいが、最近では寝室を通り抜ける涼しい川風を楽しんでいる。西日が差す昼頃までエアコンを入れるのを嫌い、「ああ、犀川の風だ」と言って、目を細める。

そうこうするうちに昂が起きてきた。散歩への気は逸るが、昂を保育園に送り出すまでは身動きできないし、さすがに真夏の日中の散歩は病人にきつい。ようやく出かけたのは昂が帰ってからで、夕方の三人揃っての散歩になった。

金沢に越して間もなく、昂を犀川に連れ出したことがあった。家から子供の足でも十分とかからない。川岸に近づくと、昂がとつぜん、「あっ、電車だ」と叫んだ。だが、近くに電車が通るはずもない。訝しみながら耳を澄ますと、すぐに思い当たった。都会育ちの昴に、川の流れる音が電車の音に聞こえたようだ。期待した電車は走っていなかったが、広々した河川敷を昴はいたって気に入ったようだった。「サイガワ、サイガワ」と、よく回らない口で歌うように繰り返した。

外出着に着替える立花の動作はおぼつかない。散歩を心待ちにしている昴だが、立花を辛抱強く待っている。ようやく家をあとにすると、立花と手をつないでゆっくり歩く。昴は子供ながらに病人はいたわるものだと心得ているようだ。河川敷を目の前にすると、立花にとって初めての場所だと思ったのだろう、

「ほらね、おじいちゃん、とっても広いでしょう」と自慢するように立花を見上げた。

立花は昴と手をつないだまま、川に向かって「ほうっ」と、息を吐いた。

三人で金沢での生活が始まってすぐに、昴はこともなげに立花のことを「おじいちゃん」と呼んだ。ずいぶん失礼だとたしなめようとする私の機先を制して、立花は「おじいちゃんとは嬉しいなあ、僕、死ぬまでおじいちゃんになれないと思っていたからね」と言って、顔をほころばせた。それからも、昴にはまるで本当の孫のように接している。昴は昴で、本当も嘘もなく、立花を「おじいちゃん」だと思っているようだ。

空は暮れなずんでいる。その空をバックに、川向かいに見える寺町台の家々や木々は、すでに陰を帯びている。大小の甍と、高低差のある木々、それらが空と接した所にできたシルエットが、興趣をそそる。

私が二十歳でトラベルビジネスの専門学校を卒業して入社したのは、神田にあるラークトラベルだった。立花はラークトラベルの社長であった。私はのちにそこに生き甲斐を見出すようになったが、最初はほんの腰掛け仕事のつもりであった。私の夢はツアーコンダクターとして日本ばかりか、世界中を旅して回ることだった。だが、ラークトラベルは飛行機の安売りチケットを売る、しがない旅行会社にすぎなかった。それに何といっても、社長の立花が最悪だった。あのころの立花は四十代半ばで、恐ろしく太っていたわけでも、額が禿げ上がっていたわけでもなかったが、太い眉とぎょろりとした目が生理的に嫌だった。

それよりも私がもっと彼を毛嫌いしたのは、不潔だということだ。これはあとから知ったことだが、彼は独身で、離婚歴もなかった。それを聞いたときに、彼が不潔だということをいたく納得したものだった。背広の肩の辺りに絶えずフケが落ちていたし、爪は滅多に切らない。ハンカチは臭うくらいに薄汚れている。おまけにお手洗いに行っても手を洗わない。立花が手を洗うか洗わないか、いちいち監視していたわけではなかったが、そんなことは女ならば、何となく勘でわかるのものだ。

そんな手で立花は頻繁に握手を求めた。中途半端に生ぬるく、男にしては柔らかすぎる手だ。彼を嫌いな極めつけは、「ハグ」「キス」「ハイタッチ」である。最近でこそ、「セクハラ」「パワハラ」と言って撃退できるようになったが、当時は我慢するか辞めるかの、二者択一しかなかった。

それでも私が会社に踏み止まったのは、会社の活気というのだろうか、そういうものに引っ張られたのだと思う。それに会社に慣れるに従って、少しずつではあったけれども、立花の人柄に惹かれてもいった。

立花は仕事に対してひたむきであった。また、経営手腕があった。その証拠に、私が入社したときには社員が十名前後に過ぎなかったが、十年もすると業績も上がり、三十人以上の社員に膨れ上がった。ラークトラベルは当時にしては珍しく能力給を採用していたので、有能な社員が育ったし、社員のやる気が業績に直結したのだろう。東京の有名私立大学の就職課では、ラークトラベルに「優良企業」というレッテルを貼って、毎年学生に就職を勧めていたくらいだ。

会社では私を除くすべての社員が大卒なので、専門学校しか出ていない私は異色といえた。私は最初、ラークトラベルにアルバイトで入社したのだった。立花はアルバイトの面接で訪れた数名の中から私を選び、一年間のアルバイトで私を見込んで、正社員に迎えてくれたのである。

私は正社員になると、二、三年のうちに頭角を現し、やがて営業成績で絶えず上位を争うようになった。おそらく私の負けん気が最大限に発揮できたということだろう。また、社長の言葉を鵜呑みにするならば、「七尾は努力家だし、何より機転が利く」ということらしい。

私はそう言われても、自分では何が「機転」なんだか、よくわからなかった。いつだったか、立花が「七尾には一言があるんだな。お客さんには必ずお気をつけて、楽しい旅をしてくださいねと、言葉を添えるんだ。もちろん、こんなことは当たり前のことだよ。だけど、最近の若いもんは、この当たり前の一言が言えないんだ」と言っていたことがあったし、「七尾はお客さんと雑談を交わしながら、さりげなく次の旅行に話の水を向けるのが実にうまい」とほめてくれたこともあったので、つまりは、「機転が利く」

とは、そんなことなんだろう。もっとも、ブスでも美人でもない私の丸顔が暖かみがあり、取っつきやすいと受けが良かったので、案外、私の顔が営業に一役買っているのでないかと、自分では思っている。

とにかく成績さえ良ければ、会社はたかが二十代の小娘に、ポンと百万円近くもの月給を払い続けてくれたのだった。

私は会社に籍を置いたまま、二度の結婚と二度の離婚をした。離婚の理由は一度目は夫のマザコンで、二度目は夫の浮気だった。結婚はもうこりごりだと思っているが、それぞれの夫の間に一人ずつ息子をもうけたのが、結婚生活での収穫であり、私の幸せだと思っている。二人の息子を夫に奪われずに自分の手元に残し、親子三人何不自由なく暮らせるのも、ひとえにこのラークトラベルのお陰である。もっとも、二人の息子の面倒を見ていたのは、実家の両親だったけれども。

自分の生きていく目標をラークトラベルに見つけた私は、気がつくと立花への嫌悪はどこへやら、いつの間にか彼を尊敬していた。

立花は仕事の細かい指図はほとんどしなかった。すべてにおいて自由にやらせてくれるのが、彼のやり方だった。その代わりに、厳しさも徹底しており、責任はあくまでも一人で負わなければならない。だから、出来の悪い社員は薄給に甘んじなければならないし、それに不満ならば辞めるしかなかった。また、自分のミスで生じた損失は、自腹を切らなければならなかった。それでも立花は社員から慕われていた。それはきっと、彼には厳しさの中にも、優しさがあったせいだと思う。

私が立花の優しさに初めて心を動かされたのは、客が予約をキャンセルしたときだった。「まだ発券をしていませんから、キャンセル料はいりませんよ」。立花が客に言った言葉に耳を疑った。規約ではすでにキャンセル料が生じている。私も学生時代には頻繁に旅行をしたものだが、一度だけチケットのキャンセルをしたことがあった。そのときに規約に従ってキャンセル料を払ったのはいうまでもない。

私は客が頭を何度も下げて会社をあとにしたのを見届けてから、立花に疑問を投げかけた。

「だってね、せっかく楽しみにしていた旅行だ、それが行けなくなった上に、お金を取られたんじゃ、あんまりかわいそうじゃないか。もちろん、ほかの会社はキャンセル料を取っているよ。だけど、発券さえしていなければ、旅行会社は航空会社にお金を払う必要がないんだ。だから、これでいいんだ」と、立花はこともなげに言った。

立花の優しさは社員への細やかな対応にも現れていた。社員の一人が大きなミスを犯したときだった。ミスがミスだけに、立花はこっぴどく叱ったけれども、社員の後始末が終わると、彼はさりげなく優しい言葉をかけているのを目にしたことがある。そればかりか、数日後にはもう、挽回の機会を与えたというのは、ずいぶんあとになってから知った。

立花は社員に率先して営業の仕事をこなしていたので、私は彼が社長の椅子に暢気に座っているところなど見たことがなかった。だからこそ、営業成績は絶えずトップの座にいたし、社員の誰もが彼に一目を置かざるを得なかった。

こうして私は仕事に関するやり方はすべて立花から教わった。だから、自分の目標を立花に置いた。そして気がつくと、立花と追いつ追われつの成績を残すようになっていた。成績の上で私が立花と対等に渡り合うようになると、二人のプライベートの付き合いが始まった。初めは私が立花の成績を上回った月末などに、褒美として夕食をご馳走になった。その食事が成績抜きになり、それが頻繁になった。

またあるとき、こっそり社長室に呼ばれ、何事かとおずおず部屋に入ると、目の前にポンと、高価な英会話の教材が置かれた。

「上げるわ」ぶっきらぼうに言った。

私は外国語を話せない。ラークトラベルの社員は、私を除いて全員が英語ばかりかドイツ語フランス語と、外国語が堪能である。だから立花はなんとか私にせめて英会話の勉強をさせようとしたのだった。それなのに私は一年ほどで勉強を放棄して、未だに英語は話せない。

お互いに独身の身軽さもあり、二人の関係は日毎に緊密になっていった。二人の時間が増えると、私は社長としてばかりでなく、個人的にも彼に心酔していった。そのころは、すでに立花の肥満が始まっていたので、若い私がそんな中年男と食事をしたり、飲みに行ったりするのにためらいがないではなかった。だが、二人は恋人でもなければ、不倫関係でもないのだから、何を気にすることがあるだろう。そもそも立花には愛人がいるのだ。脇が甘い彼は、社員に何度もデートするところを目撃されている。それも不特定多数の女性らしい。とまれ、彼の不恰好さにほんの少し目をつむればすむことだ。彼に直接触れる時間が、至福の時間に思われた。

立花は有能な社長でありながら、会社では実にのんびりしゃべった。その代わりに、時々ぎょろりとした目が、すごみを見せた。それが二人だけになると、打って変わって、だらしがない垂れ目になった。そして能弁になった。私が垂れ目の立花から何度も聞かされた言葉は、「勉強しろ」であった。「人間、死ぬまで勉強だ」と、力を込めた。高校時代の成績が優秀でなかった私にとって、耳の痛い言葉だ。すると、

「なに、勉強ができなかったからといって、七尾は頭が悪いわけじゃない。ただ、勉強をしなかっただけだ。勉強なら今からすればいいんだ。それにね、いい大学に行ったからといって、必ずしも頭がいいとは限らないんだ。ただ、試験の成績が良かっただけだよ」と、私を戸惑わせた挙げ句に、

「七尾は頭がいい」と、私の目を見て言った。

私が返答に困っていると、

「要するに、試験勉強ってやつは、生きた勉強でないってことだよ。確かに七尾はうちの社員と比べて知識が乏しいかもしれない。だけど、知恵があるし、機転が利くんだ。それ以上、何が必要だと言うんだ。それはそうとね、七尾、人間、何のために勉強をするんだと思う?」

そう訊ねられて面食らった。こんな質問に即答できる人っているだろうか。私が答を探しあぐねていると、立花は自信たっぷりの笑みを浮かべた。

「幸せになるためなんだ」いとも簡単に言った。

また、よく環境問題について語り、そして自分でも勉強をしろと促した。

「七尾、無知とは時に罪なんだよ」と、ぎょろ目を剥いた。

私は成長期の子供のように、真剣に彼の言葉に向き合った。そして、彼を心底慕った。

立花を好きなのかと訊かれれば、間違いなく好きだと答えるだろう。だが、彼を思うとき、胸がときめきはしない。二人の間の二十六歳という壁は、私に決して恋心を抱かせはしなかった。それでも、彼に尊敬ばかりか信頼と親しみを持っているのだから、彼への思いは一種の愛情だと言っても、間違いでないだろう。

私たちの仲は私の二度の結婚と産休でいったんは遠ざかったが、二度の離婚ですぐによりを戻した。

「だいたい七尾は」

よく行くレストランで、運ばれてきたステーキを前に、立花が言った。

「まったく男を見る目がないんだなあ。僕は君を頭がいいと言ったけど、あれは撤回するよ。ねえ、七尾、どうして君みたいな女性があんなくだらない男を選ぶんだか、僕にはさっぱりわからないよ」

立花はステーキの脂身を口に運ぼうとしている。私は私の結婚について突かれると、まったく返す言葉がなかった。それをごまかそうと、話をそらした。

「立花さん、その脂身はよしたほうがいいですよ。それ以上太ったら、命取りになります」

立花はフォークを持つ手を止めると、ぎょろりとした目で私を見据えた。

「僕が病気になって先がないとわかったら、七尾と結婚する」

「結婚する」という言葉が、あまりに軽かった。軽すぎる言葉が、みるみるうちに重さを持ち始める。すると、息が詰まった。それは私にとって、かなりショックだった。二十六歳の年齢差といっても、立花が男で、自分が女である以上、あり得ることなのだと、今更ながらに思い知らされた。だからといって、どうして彼の言葉を受け入れることができただろう。もっとも、立花に「好きだ」「愛してる」「結婚してくれないか」と言われたならば、言下に断っていたに違いない。それが「七尾と結婚する」と言われては、好きも嫌いもなく、心が引いてしまう。何と一方的で乱暴な言葉だろう。

私はしばらく呆然としていた。そしてようやく私の出した言葉は、逃げ口上だった。

「私、立花さんと結婚なんかしなくったって、立花さんが病気になったら、必ず面倒を見てあげます。立花さんの死に水は私が取ってあげますから」

逃げ口上ではあったが、言いながら、この、家族のいない立花の面倒は私が見て上げなければ、誰もいないのだとつくづく思った。

「だから、結婚でなくって、養子だったらなってもいいけど」

そんな言葉が淀みなく出てくる。だが、立花は私の言葉をあっさり拒んだ。

「養子ではだめなんだ」

その強い口調にたじろいだ。すると、今度はその口調を和らげるように、静かに言った。

「七尾に僕の死に水を取ってもらえるとは、嬉しいねえ。そうしたら、僕が今住んでいるマンションね、七尾に上げるよ」

「本当？　やったあ」思わず手をたたいた。

マンションをもらえると思うと、正直、嬉しい。だが、彼の言葉に軽い乗りで応えたのは、真剣にマンションをほしいと思ったからではなかった。マンションをいらないと言ってしまえば、二人の親密な関係が壊れるような気がしたからだ。ましてや、それがあくまで結婚が前提なのかどうかの、真意もわからない。立花の顔をうかがうと、浮かばない顔で、脂身を口に入れるところだった。

レストランでそんなやりとりがあって間もなくだったと思う、ラークトラベルの経営が悪化し始めた。それまでもインターネットの普及で、顧客が流れているのはわかっていた。そこに追い討ちをかけたのは、航空会社から安売りチケットが回ってこなくなったことだった。航空会社は大手の旅行会社を厚遇するために、ラークトラベルのような小会社を冷遇するようになったのである。やがて給料の遅配が始まり、いつ倒産するかと肝を冷やす毎日が続いた。立花の顔から、笑顔が消えた。

二年間超低空飛行を続けていたラークトラベルだったが、それでも墜落はしなかった。立花の死にものぐるいの奔走で、会社を丸ごと買い取ってくれるM&Aが成立したのだった。その会社は本社がしっかりしているので、社員たちの将来は保証されたも同然だ。それを知らされると、「オーッ」と会社の中に歓声が上がった。騒然としていた会社に冷静さが戻ったとき、私を始め社員たちは、それはとりもなおさず、社長の退陣だということにようやく気づいた。

私がラークトラベルを去ろうと決心したのは、その翌日だった。私は会社の景気の良かったころ、大手の保険会社から一千万円の社員研修旅行の契約を取り付けたことがあった。その会社から熱心なヘッドハンティングを受けていたのだ。立花のいない会社にもはや未練はなかった。立花がこの会社を去るより先に、一日でも早く退職しようと、心を固めた。

金沢に来てからの立花の体調は良い日もあれば悪い日もあったが、身体は確実に衰えていった。日課となっていた犀川への散歩は、最初はおぼつかないながらも、自力で歩けた。それが杖を突いて歩くようになり、杖だけでは歩けなくなり、私の肩を頼るようになった。やがて猛暑も遠ざかり、散歩に優しい季候になったというのに、三日前からとうとう散歩はできなくなった。最初のころは末期癌の患者にしては散歩もできるのかと、嬉しい驚きがあったが、歩けなくなってみると、ついこの間までは歩けたのにと、体力の低下のあまりの早さにがっかりした。

立花はもはや太っていたころの面影はない。二週間ほど前から腹痛に悩まされるようにもなった。だが、決して「お腹が痛い」と言って、騒ぎだてはしなかった。私の病人はいつでも静かに腹痛を訴えた。それればかりか、おそらくほとんどの病人がそうであるような、無理無体な我が儘は決して言わず、私への感謝の言葉を決して忘れなかった。そのせいだろうか、病魔は完全に彼を侵食し始めているというのに、彼の闘病生活は実に淡々としたものにみえた。

その闘病生活を支える私の一日は、朝六時に始まる。私の部屋のある二階から下りてくると、まず最初に立花の部屋をのぞく。たいてい彼は起きていて、どうかすると腕を上げたり足を上げたり、ずいぶん頼りないが、彼なりの運動らしい。運動が終わるのを見届けてから、新聞を渡す。彼は新聞を心待ちしていて、すぐに読み始める。後ろから目を通し、テレビの番組欄からページを繰る私とは反対で、ちゃんと一面から読んでいく。いつも新聞は時間をかけて読んでいる。そのころ、私は朝食を作り始める。料理の苦手な私の一番いやな時間だ。

立花が口にする唯一の私への愚痴といえば、私の料理くらいである。

「七尾は本当に料理が苦手だなあ」時々漏らす。

それでもお腹が痛いとき、体調がひどく悪いとき以外は、不思議においしそうに食べてくれる。もっとも、どうかするととんでもなく仕上がった料理を前に、「ごめんね」と言って、箸を置くときもある。すると、昂が、

「おじいちゃん、おかずを残したらだめなんだよ。好き嫌いはだめだって、雅子先生が言ってたよ」と、保育園の先生の名前を出して、咎めた。

これでも私は立花のために新鮮な魚を求めて近江町市場へ足繁く通っているし、中條さんの奥さんから魚料理を習ったが、どうしても料理上手にはなれなかった。

朝食の支度が整ったころ、彼の部屋から日替わりで、ドイツ語か英語の声が流れてくる。ドイツ語と英語教材のＤＶＤで、毎日の勉強を怠らない。勉強といえば、読書にも余念がなく、経営学の本や哲学の本を読んだりしている。小説は読まない。

「七尾、人は死ぬまで知らないことを知ったという喜びがあるんだ。そして、人間としての成長を自覚したときには、最高に嬉しいものなんだ」

そう語るときの立花の声は力なく、身体は小さく縮んでいても、私の目には会社時代同様に、毅然としていた。

朝食は三人揃って食べる。立花はまだ茶の間の食卓に向かうことができる。朝食と限らず、食卓を囲んで笑い声が起こったり、話が弾んだりするときはいつでも、昂が中心にいる。そのたびに私は、まるで本当の家族のようだと思う。

昂を保育園に送り出したあとは、洗濯と掃除を始める。料理は苦手だが、掃除は好きだ。時間をかけて掃除をすますと、私は介護人になりきる。立花の身体をさすったり身体を拭いたり、たわいのない話に付き合ったりする。寝室にジャズが流れている。彼の本格的な介助はまだ必要でない。まだトイレにも一人で行けるし、お風呂でさえ一人で入れる。「背中流しますか」と訊ねても、彼は頑固に拒む。まったく思いがけないことに、彼は羞恥心が強かった。

夕方になって昴を迎えに行ったあとは、再び私の嫌いな料理の時間が始まる。このころ、彼はラジオで株式市況を聞いている。こうして、淡々とした一日が終わる。

それでもたまにはハプニングがある。いつものように朝一番に朝刊を届けたあと、立花の興奮した声で呼び戻される。

「七尾、ちょっと来て、ちょっと」

何事かと寝室に行くと、彼は広げたままの新聞を示した。

「これ見て、瀬戸が個展をやってるんだ」

示された所を見ると、カラーの写真付きで漆の個展の記事が載っている。「瀬戸」といえば、金沢に来た当初、たびたび聞かされた名前だった。彼が立花の高校時代の親友で、漆芸家だということも聞いている。「せっかく金沢にいるんだ、瀬戸に会いたいなあ。だけど、瀬戸は能登の突端に住んでいて、そりゃあ遠いんだよ。車でも三時間はかかるだろう。それなのに電車はもう廃線になったし、だいたい、瀬戸は変わった奴で、携帯電話も持っていなければ、車も運転しないんだ」と言って、連絡するのをためらっていた。その瀬戸さんが金沢の画廊で個展を開いているのである。

「七尾、僕の代わりに個展を見に行ってくれないか。そうだ、ワインでも持っていってくれ」

彼の口振りにせかされて、個展が開かれる時間を見計らって早めに家を出た。

画廊は繁華街から少しばかり外れた所にあった。表からはこぢんまりとした画廊に見えたが、ドアを開けて中をうかがうと、案外広い。全体に薄暗い中で、漆の作品だけにスポットライトが照らされて、神々しく浮かび上がって見えた。作品はけっこう多い。画廊には六十年配の男女がいる。男が瀬戸さんだろうか。私が入っていくと、

「いらっしゃいませ」二人同時に声を上げた。

思った通り、この少しも芸術家に見えない大柄でスポーツマンタイプの男性が瀬戸さんで、女性のほうは奥さんのようだ。

「私、立花さんの代理で来ました」おずおずと声をかける。

すると、瀬戸さんらしき人は一瞬怪訝な顔を見せたが、

「立花って、東京の?」と大きく目を見開く。

「立花さんはこの七月から金沢に住んでるんです」そこまで言うと一呼吸置いて、「実は、立花さんが膵臓癌を患っていまして、もう長くないんです」思い切って言った。

するると、向こうでも一呼吸置いて、

「もう長うないって……まさか……」うなるような声が漏れた。

「膵臓癌？」奥さんが確かめるように言った。

「膵臓癌です。気がついたときにはもう遅かったそうです。……私、以前、立花さんの会社に勤めていました七尾と申します。今は立花さんのお世話をさせていただいています」

改めてお互いに自己紹介をすますと、黙ったままで椅子を勧められ、黙ったままで座る。すると瀬戸さんが私をあからさまにまじまじと見つめた。

「あんたのことは何回か聞いたことがあるわ。大学を出ていないのに、特別優秀な子がいるって。最初はただの社員自慢やと思うとったけど、そのうちに、どうやら立花はその子に惚れとるなって気がついた。まあ、立花はあんたにほんまに惚れとったね。だけど、歳も離れとるし、あきらめたとばっかり思うとった。そうか、あんたら結婚したんや。それにしても、よう結婚してくれたね、ありがとう、ありがとう」

「いえ、私は今、立花さんの家政婦みたいなものなんです」

自分の立場をはっきりさせたつもりだったが、瀬戸さんは感謝の言葉を口にするばかりで、私の言葉が耳に入らないらしい。

芸術に疎(うと)いこともあり、瀬戸さんの作品を見るのにも気が入らず、お祝いだと言ってワインを渡して帰ってきた。

その日、昂が眠りについてから、チャイムが鳴った。不思議に思いながら表に出ると、立っていたのは瀬戸さんだった。芳名帳の住所を頼りに来たのだろうが、スマホなどを持っていない瀬戸さんは、この家にたどり着くのは大変だったろう。思った通り、人に訊ね訊ねして、そう遠くもない距離を、迷いながら一時間ほどかけてやって来たらしい。

「個展の会場を閉めてから来たんで、こんな遅うらと、すみません」と頭を下げた。

瀬戸さんを寝室に案内すると、すでに声を聞きつけていた立花は、感激のあまり起き上がろうとする。今し方、お腹が痛いと言って痛め止めの座薬を挿入したが、薬はまだ効く時間ではない。彼はベッドを操作して上半身を起こした。

久しぶりに対面した瀬戸さんは、すっかり痩せ衰えた親友の姿に、胸を突かれたようだ。

「立花……」そう言ったきり絶句した。

立花が苦しそうに身体を左右によじると、「苦しいんか？」と自分でも苦しそうに顔をしかめて、立花の顔をのぞき込む。

「いやあ、さっき痛み止めを入れたから、すぐに良うなるやろう」

瀬戸さんはしばらく呆然とベッド脇に突っ立っていたが、やがて立花の痛みが和らいだのを知ると、勧められた椅子に腰を下ろした。

「もういいんか、無理、するなよ」

「なあに、痛み止めが効けば、嘘みたいに良うなるんや。瀬戸、僕ね、麻薬中毒患者の気持ちが良うわかるわ」と苦笑いする。

「ほうか、少しは楽になったか。それにしても、膵臓癌やなんて、どうしてもっと早う言うてくれんかったんや。ほんま、びっくりしたわ。それに立花が結婚したんにもびっくりやわ。看病してくれる奥さんがいてくれて、本当に良かったなあ。立花が奥さんにご飯作ってもろうて、一緒にご飯食べて、一緒に笑うて、人並みの幸せを知ってもろうて、何が嬉しいって、それが一番嬉しいわ」

「そうだね、この歳になってね、初めて人並みの幸せがわかったね。それからね、瀬戸、僕ね、死に水を取ってもらえる相手がいるというのが嬉しいんだ」顔色一つ変えずに言った。

「死に水やなんて」

瀬戸は言葉に詰まったようだ。否定しようにも否定できない事実に、あぐねている。そこから逃げるように、ふと、私の方を向いた。

「さっきはわざわざ個展に来てくれてありがとう。これね、結婚祝いや。二人で使うてください」と、紙袋を差し出す。

「立花さん、お祝い、いただいていいですか？」

私は「結婚もしていないのに、いいのですか？」と訊ねたつもりだった。だが、すぐに反応したのは瀬戸さんの方だ。

「立花さん言うて、まだまだ新婚やなあ」と屈託なく笑う。

立花が受け取りを拒否する様子もないので、

「開けてもいいですか」と立花にとも、瀬戸さんにともなく声をかける。

「出してみて」

立花が何食わぬ顔で言うので、袋の中を探ると、黒と弁柄色の漆塗りの夫婦椀が出てきた。それを立花に手渡すと、

「これはいいね、夫婦椀なんて、本当に嬉しいね。遠慮なくもらうよ。早速明日から使うよ」屈託なく言う。

立花は二つのお椀をまるで女の肌を愛しむように撫でている。私は立花と瀬戸さんの心根を思うと、まったく違う二つの責任の重さに、胸がつぶれそうだった。

私がラークトラベルを辞めてからも立花から不定期に電話があり、そのたびにご馳走になった。

その電話をもらったのは雨の日だった。雨は二日前から降り続いている。もう梅雨に入ったのかもしれない。

「ちょっと頼みたいことがあるんだけど、僕のマンションまで来てくれないかなあ」

声にいつもと違う重さがあった。

立花のマンションならば、二、三度行ったことがある。翌朝、酒のつまみになるものを見繕ってそれを手土産に、武蔵小金井にある彼のマンションに向かった。

笑顔で出迎えてくれた立花は、少し見ない間に痩せたようだ。勧められるままに、冷房の効きすぎたリビングルームに入った。依然として部屋は散らかり放題で、どこもかしこも薄汚れて見える。ふと気づいて隣の部屋を見ると、以前あったシャンデリアもピアノも見当たらない。

私が初めて立花のマンションを訪れたとき、襖の開け放たれた隣室を見て目を疑った。窓一つない陰気な六畳の和室で、その天井から豪華なシャンデリアがぶら下がっていた。ほかには和箪笥があり、それはいいとしても、和箪笥に向かい合ってピアノがあった。すべてがちぐはぐなばかりか、立花にピアノは似合わない。

「立花さん、ピアノ弾くんですか？」まさかと思いながら訊ねると、

「ああ、ピアノもシャンデリアも、麻雀でせしめたんだ。僕ね、大学を卒業してすぐに銀行に勤めていたのは知ってるよね。銀行を辞めたあと、株でしばらく食べていた時期があったんだ。あのころね、競馬をやったり、麻雀三昧の日を送ったりと、やくざな生活をしていたもんだ」と、片頬で笑った。

「そのあと、ラークトラベルを？」

「ああ、株で儲けたお金を元手にね」

あのときも今も、ジャズが静かに流れている。

仕事以外にはものぐさな立花が、台所に立って甲斐甲斐しく動き回っている。やがて、

部屋の中にコーヒーの匂いが立った。

　立花はコーヒーを差し出しながら、唐突に言った。

「僕ね、末期の膵臓癌なんだ」

　彼の言葉が私の胸にストレートに入ってこない。眠ったように、遠くに聞こえる。

「このところ、どうも身体の調子が悪くてね、ちょっと調べてもらったんだけど、先月の初めに検査の結果が出たんだ。もう手遅れだって。一年は持たないだろうって言われたよ」

「うそ！」

　叫んだ言葉が反対に嘘くさく感じられる。現実と、それを受け入れるべく私の心が折り合いがつかずに、空回りしている。

「最初はね、急に痩せたと思ってはいたんだ。だけど、一時期は会社に振り回されていたし、会社を辞めたあとは部屋で自転車こぎをしていたから、そのせいで痩せたんだろうって、思っていたのに……」

　少しずつ彼の言葉が胸の中で意味を持ち始める。言われてみれば、立花はずいぶん痩せたのだ。彼が急にはかなげに見えた。立花の顔を凝視する。いつものぎょろ目が、今日は二つの小さな穴ぼこに見える。底のない暗闇。

「今、大丈夫なんですか、寝ていなくっていいのですか?」返すべき言葉を探した挙げ句に発した言葉は、何と間が抜けていただろう。

立花が不意に椅子から立ち上がった。

「大丈夫、ほらね」立ったままで両手を広げる。

「今はまだしっかり歩けるし、車だって運転できるよ。買い物だって行けるんだ」

こうして見ていると、やはり彼の死が一年以内に迫っているとは信じられない。また、信じたくないけれども、今は現実を受け入れるしかないのか。すると、「立花さんが病気になったら、必ず面倒を見てあげます。立花さんの死に水は私が取ってあげますから」と言った、自分の言葉が甦る。

私の言葉に偽りはなかったはずだ。だが、あのとき、立花の死は二十年、三十年先だと思っていなかっただろうか。もしかしたら、心の片隅で二、三十年のうちにこの言葉が時効になると思っていなかっただろうか。自分の言った言葉に後悔はないが、あの言葉が今、心の中でずっしりと重みを増してくる。決断を迫られていた。

自分にはまだまだ手のかかる二人の子供がいる。優先順位は二人の子供に決まっている。両親は今のところ二人そろって健在なので、まあいいだろう。その両親に子供の面倒を見てもらっているといっても、自分が母親であることに変わりはない。しかも立花は重篤なのだ。立花にかかずらっていると、これまで以上に子供への手を抜かざるを得ないだろう。

以前、立花はこのマンションを私にくれると言った言葉が思い浮かぶ。築三十年ほど経つとは言え、武蔵小金井駅からそう遠くもなく、3DKのこのマンションは、決して安くないだろう。おそらく彼の面倒を見て、死に水を取れば、彼の言葉は絵空事ではなく、私の物になるに違いない。マンションは確かにありがたい。だが、マンションをもらうという打算だけで動けるかといえば、動けない。なぜなら私はお金に困っていないからだ。ラークトラベルのお陰で貯金も充分あるし、子供たちのために高額の保険にも入っている。それは私に万が一のことがあったときに備えたのは言うまでもないが、私の保険のセールスレディーとしての初仕事である。そして、私は社会に出て働くことが好きなのだ。保険会社はラークトラベルと同様、能率給であるが、こちらの方がずっとシビアである。だからこそ、やり甲斐があるというものだ。

病気の立花付きのマンションと、子供を抱えての自分らしい生活とを天秤にかければ、

当然後者が重いに決まっている。それでも自分には立花との約束がある。迷路に迷い込んだ私の胸に、

「僕、七尾と結婚する」

立花の言葉が、ひょいと飛び込んだ。以前にも聞いた言葉である。だが、以前に聞いたときとはまったく色合いが違う。

「僕の病気が手術で治るというなら、入院するよ。でもね、もう手術はできないんだ。だったら入院したって意味がないじゃないか。何より、病院で死にたくないんだ。家で死にたい。それも、金沢に帰って、お袋が住んでいた家で死にたい。だから、どうしても親身になって介護してくれるパートナーが必要なんだ。だけど、こんな我が儘、結婚していないと言えないじゃないか」

ちょっと待ってと思う。在宅介護なんて約束の埒外でないか。しかも金沢に行くなどと、想像すらしなかった。だが、これで私の心はすっかり軽くなった。あの約束は何のためらいもなく反古（ほご）にできる。

「僕ね、もうすぐ死ぬとわかったときに、残されたわずかな時間をどうやって過ごしたいかと、真剣に考えたんだ。そうしたら、まず最初に頭に浮かんだのは、残された時間

を金沢で過ごしたいということだった。それも七尾と一緒でないとだめなんだ。七尾と結婚をして、二人の息子と一緒に金沢で暮らしたい」

彼は私の気持ちをよそに、自分の思いを吐露する。

「若いころはね、父親も金沢も嫌いで故郷を捨てたようなもんだけど、最近やたらと金沢が懐かしいんだ。これが歳を取るってことなんだね」

一語一語、かみしめるように言葉をつないでいく。

「僕ね、こんな無機的な鉄筋コンクリートの中で死にたくないし、こんな人工的な街で死にたくないんだ。それからね、病院で死ぬのもいやなんだ。延命措置とまでは言わないまでも、医者に生かされるっていうのがいやなんだよ。……ねえ、七尾、家で死ぬとなると、ずいぶん迷惑をかけるけれども、こんなことを頼めるのは七尾しかいないんだ」

そこまで言うと、私を見据えて、

「たとえいたとしてもだ、七尾でないとだめなんだ。七尾と一緒に、金沢の雪をもう一度見たいなあ」と、一気に言った。

それから立花は遠くを見つめるように、目を泳がせた。その目に故郷の雪が映っているのだろうか。そう思った瞬間、雪の金沢にいる自分を想像していた。その直後、あわてて打ち消す。それでも彼の言葉が、恂々と私の胸に染み込んでくる。私の中で、たった今聞いたばかりの立花の言葉がぐるぐる回り、彼の死が私にも迫ってくる。この孤独な人を見捨てることができるだろうかと、心が揺れる。子供たちならば、金沢に連れて行けば良いではないかとふと思い、慌てて打ち消す。ああ、今、彼を抱きしめることができたらどんなにいいだろう。愛しささえ感じている。やはり私は立花を見捨てることができない。結婚はしなくても……いいのなら。

立花は六十四歳、父よりも二歳若いが、母より二歳年上だ。世の中にはそんな年齢差の結婚がないわけではないけれども、この二十六歳という年齢差が、ほどけない知恵の輪のように、私をがんじがらめにしている。

「立花さん、立花さんは私のお父さんみたいな人ですもの、どうしても結婚はできません。でも、結婚をしなくても、私、ちゃんと立花さんの面倒は見ますから。心配しないでください」

立花は目を伏せたまま首を横に振った。

「そんなに籍にこだわるのなら、養子だったら、……養子はだめなんですか？」

首を横に振った。

「立花さん、結婚なんてしなくても、立花さんは私の大切な人に代わりはありません。どうか、立花さんのお世話をさせてください」今度は懇願している。自然に出た言葉だった。私にとって本当に大切なことは、結婚届という一枚の紙切れでなく、本当の家族のように彼に寄り添いたいと願う、切実な思いだった。だが、私の言葉への返答がない。

「それが負担だったら、いつか言ってたマンションはしっかりもらいますから、それでいいでしょう?」

しばらく考え込んでいた立花だったが、私の目を見据えると、ようやく口を開いた。

「僕ね、やっぱり七尾と一緒に暮らしたい。七尾と結婚しなくても、七尾と暮らす。七尾、本当にいいんだね。僕にとっての一年は、ほんのわずかな時間だけど、君にとっての一年は本当に長いと思うよ。それでもいいのかい? 七尾に頼っていいのかな。苦労をかけるけど、いいんだな」

「私に介護がしっかりできるかどうかわかりません。それに私、料理が下手ですよ。それでも良かったら、一所懸命に立花さんのお世話をします」心を込めて、言葉を選びながらゆっくり言った。

こうして、立花の介護をすると決心したものの、両親を説得する自信はまったくなかった。保険会社に長期の休暇願を出したあとも、両親への説得をぐずぐずと日延べしていた。だが、いつかは通らないといけない道だ。意を決して打ち明けた。ところが、両親の反応は拍子抜けするものだった。

「朱里があんなにお世話になった社長さんだもの、十分にお世話してあげなさい。本当はね、私は保険のセールスマンってのが、どうも好きになれなかったの。その点、社長さんのお世話なら、新しい仕事だと思って割り切ればいいわ。いい仕事じゃないの。ねえ、お父さん」

これで私の金沢行きは本決まりとなった。それを機に、二人の息子を引き取るつもりだった。それが立花の意向でもあったので、当然四人で金沢に行けるものだと思っていた。ところが、両親がどうしても長男の弘樹を手放したがらない。「昂はまだ小さいから仕方がないけど、弘樹は中学二年だよ。受験を考えると可哀想じゃない」と言って聞かない。それよりも、弘樹自身が金沢行きを拒んだのだった。こうして弘樹を残すことになったが、弘樹の心中をおもんぱかると、気が重かった。

金沢に発つ日、思いがけなく弘樹が武蔵小金井のマンションに来てくれた。おそらく母は私が金沢に行くのは、新しい仕事のためだと言い聞かせてくれたのだろう。弘樹は

立花に向かって、

「お母さんをよろしくお願いします」深々と頭を下げた。

「先生、最近どうも、具合が悪いんです。お腹は痛いし、息切れはするし、つらくてかなわんのです」立花がホームクリニックの医者に訴えている。

これまでに見たこともない苦痛にゆがんだ顔と、聞いたこともない苦痛にあえぐ声だ。医者の後ろに立っている私の胸が痛む。彼が時々お腹が痛くなるのはもちろん知っていたし、息切れもしていた。だが、「つらくてかなわん」とは思ってもみなかった。彼の病状は思った以上に進んでいるのを思い知らされた。彼は私に心配をかけまいと、身を裂かれるような痛みやつらさを我慢していたのだろう。「もう我慢しないで。私に甘えて」と叫びたかった。

「お腹の痛いのは痛み止めで治まるでしょう。それよりも、どうもこの息づかいがくせ者ですね。一度大学病院で検査してもらったらどうでしょう」そう言って医者は帰っていった。

ホームクリニックの医者の勧めに従って、大学病院で検査入院をすることになった。

その入院の朝、昴を保育園に送り届けると、そそくさと家に戻り、入院に必要な品々を揃え、立花の着替えを手伝った。それから一足先に家を出て、車を玄関前に着けて待っているが、彼はいっこうに姿を見せない。おぼつかないながら、玄関先まで歩いて来られるはずだ。どうしたのかと車から降りて寝室に戻ると、立花がベッドの上に倒れ込んでいた。ベッドから下半身を下ろし、上半身は両手を広げ、蛙のようにうつ伏せでベッドにへばりついている。

「立花さん！」声を張り上げた。

「大丈夫、大丈夫、ちょっとめまいがしただけなんだ」立花はベッドに片頬をくっつけたままで、笑みさえ浮かべている。

「大丈夫じゃないですよ。救急車、呼びますね」少し声を荒げた。

「本当に大丈夫なんだ。救急車なんて、恥ずかしいじゃないか。絶対に呼ぶんじゃないよ」と、向こうも負けず強い口調である。

彼の口調に負けて肩を貸すと、何とか立ち上がることができる。難なく車にも乗れたので、予定通り大学病院に向かった。

ところが、病院の駐車場に着いて後ろを振り返ると、立花はハアハアと荒い息を吐きながら横たわっている。手を差し伸べようとしたが、すぐにその手を引っ込めた。顔が真っ青だ。

「待ってくださいね。病院の人を呼んで、すぐに戻りますからね」

心の中で「死なないで、死なないで」叫びながら、病院に駆け込んだ。

立花はストレッチャーに乗せられて、緊急で診察室に運び込まれた。診察室の前でしばらく待っていると、医者に呼ばれた。だが、診察室に入ったものの、立花はカーテンに仕切られた向こうのベッドにいるのか、それとも別室にいるのか、見当たらない。医者はパソコンから顔を上げないままで言った。

「今、落ち着いていますす。さしあたって心配ありませんよ」

その言葉で緊張が緩んだ。安心したのと同時に、ガタガタ身体が震え始めた。震えは容易に治まらない。いつもは立花の死を考えまいと思いながら考え、考えながら考えまいと思っていた。死をこんなに恐ろしく身近に感じたのは初めてだった。その「恐ろしいもの」は、「心配ありませんよ」と医者から言われても、胸の中に居座ったまま、ようとして動かなかった。

立花の検査入院は予定通り行われるというので、一足先に病室に案内された。しばらくそこで待っていると、看護師に押された車椅子に乗って、立花が現れた。

「心配かけて悪かったね」

立花の顔にまだ血の気は戻っていない。何も応えられなかった。彼は看護師の手を借りて、どうにかこうにかベッドに横たわる。医者から「さしあたって心配ありませんよ」と言われたけれども、「さしあたって」がどの辺りなのかわからない。胸の中にわだかまっていた「恐ろしいもの」は、いっこうに消えようとしない。

看護師がいなくなり、二人だけになると、彼は何やらささやいた。

「えっ、なに?」良く聞き取れない。

「僕ね、遺産相続するから、七尾と結婚するんだわ」

今度はかすかだが、なんとか聞き取れた。死に追い詰められている立花にしては、のんびりした口調だ。追い詰められているのは私の方だ。私の心は波立っていた。「早く、早く」と、胸が動悸を打つ。何も応えられないでいると、立花はもう一度ささやいた。

「遺産相続するから、七尾と結婚するんだわ」

「結婚します。今すぐにも結婚届の用紙をもらってきます」思わず口走っていた。

こうして私は「七尾朱里」から「立花朱里」に変わった。だましたわけでも、だまされたわけでもないのに、何の祝福もない結婚だった。両親にだけは結婚の報告をしなければならないと気づいたのは、結婚届を出した翌日だった。

両親への報告はかなり勇気が必要だった。ところが、おそるおそるかけた電話に出た母は、

「あら、そう」と、実にあっけらかんとしている。

「怒らないの？」

「だって、結婚しても、今さら失うものもないでしょう。社長さんの看病をしっかりやって上げなさいね。でもね、私から弘樹には何にも言わないわよ。結婚したことをあなたから直接言いなさい」

それだけだった。

私の新しい夫は、二日後に退院してきた。もともと病人なのだから元気なはずはないが、大慌てで結婚届を出した原因の、生きるか死ぬかの様相はどこにも見当たらない。それもそのはずで、私を慌てさせた彼の容態の悪化は、貧血のせいだった。だから輸血をしたらすぐに元に戻ったらしい。死ぬかも知れないという心配が杞憂に終わったのは心底嬉しいけれども、大慌てで結婚してしまった自分が、いかにも愚かに思われる。だ

が、考えようによっては、母が言ったように、「今さら失うものはないのだから、別段かまわないか」、小さくつぶやいた。

立花が退院してきたその夜、なかなか寝付くことができなかった。

普段、立花は一階の寝室で、私と昂は二階の寝室で寝ている。緊急の呼び出しはもちろん、ちょっとした用事にも電話の子機を利用しているので、不都合はない。

眠れないままに身体を横たえ、下になった耳を澄まして階下の物音を聞き取ろうとする。だが、下からは何も聞こえてこない。

このままここに寝ていていいのだろうか。

何度も自問自答した。結婚してしまった以上、「妻」が私に大きくのしかかっている。

このままここに寝ていていいのだろうか。

もちろん、立花には「女」を抱く体力は残されていないだろう。性欲だって残されていないに違いない。だが、女を抱けなくても、「妻」の証しを見せる方法はいくらでもあるはずだ。もしも立花が私の裸をみたいと言ったなら、見せないわけにいかないだろう。もしも立花がキスを求めてきたなら、唇を差し出さないわけにいかないだろう。あるいは、私の想像すらできない方法で、妻の証しを求めてくるかもしれない。

私は布団の中でじっと息を凝らし、身体を強ばせながら、電話が来ないことを祈っていた。その一方で、私はじっと待っていた。

立花と暮らすようになってから、昴を交えて私たちは一つの家族になった。立花と私は以前にも増してより深い所で結ばれたような気がする。私の彼への思いが、たとえ父親を慕うような愛情であっても、その愛情が高じれば、必ずや男として受け入れられるに違いない。ましてや、私たちは「夫婦」になったのだ。

私はじっと待っていた。だが、いくら待っても、望んだようなエロスはとうとう私に下りてこなかったし、立花からの呼び出しの電話もなかった。

誰からの祝福も、何の祝福もない結婚だと思っていたのに、次の日の夕方、中條夫婦がカステラを持って祝いにやってきた。二人は私たちの結婚の証人である。私は結婚の証人には金沢に住んでいるという立花の甥が適任だと思ったが、立花がそれを拒んで、隣の中條さんにこだわったのだ。

「このたびは結婚おめでとうございます。お祝いならお酒と言いたいところだけど、修司さんの身体を考えて、カステラにしました。それにしても、僕たちが結婚の証人なんですから、これも何かの縁ですね。どうか、一日でも長くいてください」

二人はベッドの横に立って、結婚の祝いだか見舞いだかわからない挨拶をして帰っていった。立花は彼らがいる間中、上機嫌だった。

中條さんたちが帰ってしばらくすると、珍しくまた、チャイムを鳴らす者がいる。玄関の戸を開けると、そこに六十代半ばと思われる女性が立っている。女性は怪訝な目で私を一瞥したあと、「立花です」と名乗った。

中條さんのときと同じように女性を寝室に案内すると、立花はベッドの上で半身を起こして、

「姉さん、ご無沙汰しています」と、頭を下げた。

どうやら彼は病院から義姉に電話をかけたらしい。

「この人はまあ、ご無沙汰してますでないやろう。驚くことばっかりやわ。電話をもろうてびっくりしたわ。病気もびっくりなら、金沢におるのもびっくり。おまけに結婚した言うから、腰抜かすほどびっくりしたわね」

そうして私を睨めつけるようにして、

「この人ね？　奥さんちゅうのは」と言った。

言外に「こんな若い女」という非難が籠もっているように聞こえた。立花はこの、亡くなった兄の奥さんの言葉に臆することなく、

「女房の朱里です」病人とも思えぬ声で言った。

それればかりか、茶の間にいた昂を呼び寄せると、

「息子の昂です」と紹介する。

奥さんは「あらまあ」という表情をしたので、おそらく昂が立花と私の間にできた子供とでも思ったのだろう。私は昂が「おじいちゃん」と言ったらどうしようと気が気でなかったが、昂がすぐに茶の間に戻ったので、心配はすぐに払拭された。

奥さんが三十分ほどで帰ると、立花は昂を自分の息子だと紹介した手前もあったのだろう、

「昂と弘樹のことだけど、どうだ、僕の籍に入れないか。二人はもう僕の子供なんだからね」と、突然切り出した。

それは私も一度ならず考えないではなかった。だが、そのたびに何かが自分を押し留めた。ついさっき、昂が戻った茶の間をうかがいながら応える。

「親の都合だけで名前を変えるのもかわいそうな気がして……。急がなくても、もう少

し考えさせてください」そう言ってから、立花にとっては急がなくてはならないのだと、どきりとした。

「まあ、いいさ。好きにするといい。僕の方は結婚をしたから、もういいんだ。七尾は男を見る目がないからね、僕が死んでも再婚をしない方がいい。七尾が働かなくても十分なお金は残しておくし、遺族年金だってもらえるからね、安心できるんだ」

「遺族年金って？」

「ほらね、七尾は人一倍しっかりしてはいるけど、どうかすると肝心なところで抜けてるんだ。僕はね、そんなことをずっと心配していたんだ。それはそうと、僕ね、株を持っているんだ。それがこのところの景気で、驚くほど上がったんだよ。それでね、七尾のために遺言書を作っておこうと思うんだ。明日、早速弁護士に来てもらおう。確か、大学時代の同級生が大手町で事務所を開いてるはずだ」

彼は少し自慢するように持ち株の金額を口にした。その金額の多さに度肝を抜かれた。めまいがしそうだ。意識するまいとしても、引き込まれそうになる。それが私のものになるかもしれないと思うと、震えるほど嬉しくなる。だけれども、そんな自分に対して嫌悪感を持ったのも事実だ。これはお金の魔力に違いない。

「待ってくださいよ。さっきの義姉さんにも息子さんがいるんでしょう？　立花さんの甥御さんじゃないですか。それに、福岡にだって弟さんがいるんでしょう？　私、お金のためにここにいるわけでないですから」

「大丈夫、あの人たちは僕がお金を持ってるなんて、夢にも思ってやしないんだから。どうせ会社が倒産して、一文無しになったと思ってるはずだよ。僕の物は全部妻の物だ」

私は立花の愛情を強く感じると同時に、もしかしたら、多額のお金が彼をして結婚届にこだわらせたのでないかと、ふと、思った。だが、それが喜ぶべきことなのかどうか、わからなかった。


私は弁護士の力を借りながら、しばらく遺産相続の手続きに追われた。立花の銀行の通帳や株券で見つからないものがあり、その在処（ありか）は東京のマンションをおいて考えられないので、昴を連れての上京となった。

立花のために看護師に終日の看護を依頼したが、それでも心配が尽きないので、中條さんにも留守にすることを伝えると、

「時々様子を見に行きますよ」と、進んで世話を買って出てくれた。

上京した私は昂を実家に預けて、マンションで探し物を始めた。電気も水道も止めたマンションでの仕事は何かと不都合が生じた。半日もうろうろして、どうにか探し物が揃ったときには、思わず「やったあ」と一人で声を上げていた。それから一人で缶ビールを一気に飲んだ。数ヶ月ぶりに喉を潤すおいしさは、泣きたいくらいだった。

本来の目的を達成できたことではあるし、土曜日の終日を母子三人、ディズニーランドで楽しんだ。弘樹は受験勉強があったが、「久し振りだから、仕方がない、昂に付き合ってやるか」と言いながらも、昂以上に楽しんでいるように見えた。が、一番楽しんだのは、もしかしたら私かもしれない。六十四歳の、死が間近に迫った病人とずっと向き合っていると、自分の年齢を見失ってしまう。それがディズニーランドで一気にはじけた。三十八歳の若さに戻ったように思う。

三人でハンバーグ定食を食べて、いよいよ最後の仕上げとして、立花と結婚をしたという、弘樹への報告だけになった。弘樹には真実を話そうと意を決して向かい合ったはずだったが、いざとなると、正直な心が悲鳴を上げそうになった。

「お母さんね、立花さんの養子になったの」

つい、口走っていた。一つの嘘にたじろぎながらも、その嘘が大きな嘘に発展する。

「ほら、立花さんに奥さんも誰も、身内がいないでしょう、それで立花さんが亡くなると、財産が国に持って行かれるのよ。でね、お母さんが養子になったってわけ」

一瞬、弘樹に睨まれたように思ったが、そうでないかもしれない。彼は何も言わなかった。弘樹の無言がいっそう私を苦しめた。弘樹は自分が「七尾弘樹」であり、私が「立花朱里」になったことを瞬時に理解したに違いない。しかも弘樹は私が立花と結婚したという真実を未だに知らされていないのだ。私はいったい何をやっているんだろうと、自分を責めた。

こうして最後の汚点で、私の上京は苦々しいものになった。金沢に帰り、そんな私の苦しみを少しでも和らげてくれたのは、ほかならぬ、立花だった。

「お帰り」

その温和な一言が私の心に染みていく。この瞬間、私は思いがけなくも立花を男として愛していたかもしれない。

九月下旬になって、どうにか遺言書が完成した。弁護士が遺言書をものものしく立花に渡して帰っていくと、立花が私をベッド脇に呼んだ。彼は遺言書を示して、

「これで安心して」と、神妙な顔で言った。

私には「これで七尾が安心できるだろう」とも、「これで安心して死ねる」とも聞こえた。

このころから立花の容態は急激に悪化し始めた。それ以前から彼の身体は痩せ細る一方だったが、今や、かろうじて生きるための、最小限度の身体の痩せようである。いつかの検診の結果では、癌が肺に転移していることがわかった。そのせいだろう、「エッ、エッ」と頻繁に吐き出すような咳をする。私にめったに訴えないものの、苦しみや痛みは、絶えず彼をさいなんでいるようだ。

病院から酸素ボンベと車椅子を借り、血中の酸素飽和度を調べるパルスオキシメーターを購入した。酸素吸入器を鼻に取り付けた痛々しい立花の姿と、家の中に陣取った医療機器のせいで、彼の死期が真に近づきつつあることを受け入れざるを得なかった。

それでもなお、彼はお手洗いに行くのに私の手を借りようとしない。お手洗いに手すりをつけてあるものの、酸素吸入器を鼻につけ、酸素ボンベを引きずり、車椅子で移動する姿は見るに堪えない。

「どうして私ではだめなの？」

悲痛な訴えだった。それに対して彼は首を大きく振るだけである。

「そんなに無理をしたんじゃ、寿命を縮めてしまうわ」

語気を強めて言うと、立花はこれまではまったく力を失っていた目を、ぎょろりと剥いた。痩せ衰え、落ちくぼんだ目を剥くと、ぞっとするほどすごみがある。私は口をつぐんだ。

おそらく彼は、寿命を縮めることと、羞恥心を秤にかけて、寿命を縮める方を選んだに違いない。彼の極端なまでの羞恥心にぶつかるたびに、私の胸はつぶれそうになる。もしも立花と私が身体で結ばれていたならば、彼はこの羞恥心をかなぐり捨てていたに違いない。夫婦であるということは、そういうことなのだと、つくづく思う。

立花は抗癌剤の注射を打つと、しばらく熱が出てぐったりするけれども、その苦しみを通り越すと、いつも元気が出た。もちろん、たいそう元気というわけにいかないけれども、それなりに生気が出て、しきりに私と話したがった。

秋日和である。縁側の戸を開け放ち、ベッドの前に椅子を置くと、深く腰掛けた。すると、庭から甘い芳香が優しく流れ込んでくる。金木犀だ。庭には金木犀はないので、中條さんの家から流れてくるのだろう。つい最近になって、金沢の古い街中を歩いていると、小路のあちこちで甘い香りに行き合った。頭を巡らせると、橙色の小粒の花をつけた金木犀が見つかった。だが、どうしても見つからないときもある。目にはっきり確かめたわけでもないのに、甘い香りは金木犀だと確信できた。金沢は金木犀の多い街である。

甘い香りを楽しんでいると、立花が咳き込み、「寒い」と訴える。縁側の戸を静かに閉めた。そうして二人で話に耽る。話すことと言えば、やはりラークトラベル時代のことだ。

立花の大量の安物買いは、会社でも評判だった。彼はいつもうんざりするほど缶ジュースやコピー用紙、トイレットペーパー、カップラーメンを買い込んだ。カップラーメンを湯沸かし室に積み上げ、昼食はたいていそれですませた。

「立花さん、ラーメンばっかり食べていたんじゃ、身体に悪いですよ」

新入社員が一度は口にする言葉だ。すると毎年同じ言葉が返ってくる。

「だってね、外食するには、まず往復の時間がかかる。それに何を食べるか考えるのが面倒だ。何よりも、待ち時間がもったいない。そんな時間があったら、仕事をするよ」

立花は掃除嫌いでも評判だった。私が入社したてのころ、汚れた部屋を見るに見かねて掃除を始めると、立花に注意をされた。

「掃除をする時間があったら、電話をかけろ。うちの会社は電話が勝負だ。掃除は掃除の小母さんに任せておけばいいんだ」

新入社員が立花にしらっとやり込められるのは、毎年のことだ。

朝から雨が降り続いたいやな天気の昼下がり、瀬戸さんが奥さんと一緒に見舞いに訪れた。

瀬戸さんは酸素吸入器をつけている立花の姿に、一瞬、胸を突かれたように見えたが、

「立花、能登のツヅルメとボットやぞ」

さりげなく発泡スチロールの箱を振りかざした。それから、私を振り返ると、

「奥さん、これを立花に煮て食わせてくだいい」と大声を張り上げた。

奥さんと呼ばれて、自然と手が出た。だが、ツヅルメやらボットやら言われても、何のことかまったくわからない。不審に思いながら箱を開けてみると、中から出てきたのは、それぞれ二十センチほどの、生きの良いメバルとソイであった。ツヅルメとボットというのは能登の方言だろうか。それにつけても、金沢に来るまでは、魚といえば鯛か鯵、鯖くらいしか知らなかったが、近江町通いをしてから、ずいぶん魚の物知りになった。

私はいつも、魚は近江町で捌(さば)いてもらっている。丸のままの魚にたじろいでいると、瀬戸さんの奥さんが、

「出刃包丁、ある？　私が料理しましょう」と、料理を買って出てくれた。

台所の引き出しに、立花の母が使っていたであろう出刃包丁が、何の役にも立たないままじまってある。奥さんに出刃包丁とエプロンを渡すと、早速包丁をふるって、魚を捌き始める。

「うちの主人がね、朱里さんが結婚をしてくれて、本当に感謝してるの」

奥さんは魚を捌くのがお手の物で、手を休むことなく私に話しかけてくる。彼女は東京出身とかで、さっぱりした気性だと聞いている。それで、ふと、気が緩んだ。

「私、立花さんを本当に尊敬しているんです。だから、立花さんの世話をするのは全然苦にならないんです。でもね、立花さんにとって、こんな形の結婚で良かったのかどうかというと、わからなくなるんです」

「あなたたちがどんな夫婦か知らないけど、私から見たら、立花さん、本当に幸せに見えるわ。それでいいじゃない。立花さんにとったら死と引き替えの結婚だったけど、それだけに最高の幸せだと言えるのよ。何も言わなくたってね、立花さんを見ていれば、い

やと言うほどわかるわ」

立花はいつか、「幸福になるために勉強するんだ」と言ったけれども、死んでいく人の幸福ってあるのかしらと思う。

奥さんはメバルの料理に取りかかった。

「ツヅルメは塩焼きが一番おいしいの。でも、病人には煮魚の方がいいと思うわ。甘辛く煮ておくわね」

奥さんは手を止めると、遠くを見るような目をして、「ふっ」と、息を吐いた。

ガスレンジの上で、鍋の蓋がガタガタ言い始め、甘辛い醤油をまとった魚がおいしい匂いを立てている。奥さんは蓋を取ると息を大きく吸い込んで、「これで良し」とつぶやき、寝室に向かって大きな声を上げた。

「立花さん、ツヅルメの煮たの、食べますか?」

すると今度は瀬戸さんの声が返ってきた。

「食べるそうだよ」

やがて、煮魚がお盆に載せられて、立花に差し出された。

「うまいなあ、うまいなあ」

ここしばらく、食事らしい食事をしなかった立花が、三人の注目を集める中で、すぐに平らげてしまった。

しばらくして、瀬戸夫婦はまだ三時だというのに夕方のように暗く、雨の降る中を、肩を並べて帰っていった。

瀬戸さんが立花を見舞ってくれた翌日、金沢は冷え込んだ。そのまま月が変わり、十一月になった。恐ろしく黒い雲が垂れ込めて、嫌な天気が続いている。東京にはない空の重さだ。それでも時には秋晴れの日があって喜んでいると、天候が急変して雷雨になったりする。どうも寒いと思っていると、雨がいつの間にか霙(みぞれ)に変わっている。私には霙は雪よりも冷たく感じられたし、雪のような美しさは少しも感じられなかった。

このころ、立花の容態は一日、一日、目に見えて悪くなっていった。普通食はほとんど受け付けないので、食事は果物かゼリー状のものだけになった。一週間前とこんなに違うものかと思うほど、体調は崩れていった。

以前から立花は便秘気味だったが、最近になっていっそうひどくなった。素人判断だが、臓器のどこもかしこも正常に機能しなくなったせいでないかと思う。下剤はもはや役に立たず、浣腸に頼るしかない。だが、彼の羞恥心は相変わらずで、私に決して下半身をさらさない。羞恥心というよりも、浣腸は彼にとって屈辱そのものであったに違いない。それでも、訪問看護師や医者に頼るだけでは事足りないので、彼に何度せがんだことだろう。

「肛門っていっても、全然汚くないですよ。恥ずかしい所でも何でもないわ。それに私ばかりか、みんな、いずれは似たり寄ったり、同じ道を行くんですから」

それでも彼は、決して私の申し出を受け入れようとしなかった。

彼は痛み止めを使って効果が出ると眠り、眠っていると思ったら、瞬き一つせずにいつまでも宙を見据えている。そんなことの繰り返しだった。またあるときは眠っていると思ったら、突然口を開く。

「七尾が以前、ラークトラベルのアルバイトの面接で、どうして僕が七尾を採用したかって、とっても知りたがっていただろう」

あまりに唐突な言葉に面食らっていると、勝手に話が進んでいく。

「バイクだよ、バイク。アルバイトの主な仕事っていうのは、各国の大使館にビザをもらいに行くことだった。この大使館というのが、また不便な所にあるんでね、バイクを利用するのが一番効率的だった。ところが面接を受けた六人のうち、三人が免許を持っていなかったんだ。それで二人はその場でアルバイトをあきらめたけど、一人だけ違っていた。『私、バイクの免許だったら、すぐに取ってきます』って、そりゃあ、大きな声で言うんだよ。思わずその子を見ると、目力があるし、この子は使えるなって、僕の直感が働いた。それが七尾だったってわけさ」

言葉は途切れがちで、たどたどしいが、一所懸命に話している。だが、この話なら、私は金沢に来てすぐに一度、数日前にも二度三度と聞いている。それでも時々相槌を打ちながら聞いていると、彼はさらに続けた。

「その子は、胸が大きくて、キュッと上がったヒップと、長い足がすごく格好良かった。それに、改めてよく見ると、黒目がちで、なかなかかわいいんだ」そう言うと、半眼の目で、にやりと笑った。

彼の心は今の私に向かっていない。思い出の中で誰にともなく語っているようだ。私も思わず、クスリと笑った。

こんふうに、夢ともうつつともつかぬ状態で、立花はしきりに昔のことを話すことが多くなった。それは私の知らない、彼の大学時代や幼少時代、高校時代の話もあった。私はいつか、人は死ぬ間際に頭の中で過去から現在までを、大急ぎでたどるものだと聞いたことがあったので、何かに取り憑かれたように彼が昔話をし出すと、恐ろしくなった。いや、そうではなくて、彼の意識が混濁しているのだろうか。そう思いながらも、私は彼の話に真剣に付き合う。話は少しも未来に向かっていかなかったけれども、二人は過去の中で充分に生きることができた。部屋の中はいつしかたそがれ、私たちは動かない一つの塊りと化していた。

気がつくと、昂を迎えに行く時間を過ぎている。慌てて家を出た。

表に出た瞬間、不思議な感覚にとらわれた。もう夕方だというのに、妙に空が明るい。それに、すがすがしい匂いがする。すがすがしい匂いというのがあるのかどうかわからないけれども、私を取り巻く空気が浄化されたような、そんな匂いだ。保育園に着くまで、ずっとそんな不思議な感覚がつきまとっていた。

保育園では昂が玄関先で待っていて、「ママ!」と駆け寄ってきた。二人で手をつないで家へ帰る道すがら、昂が大きな声で歌い始める。保育園で習ったのだろう、知らない歌だが、明るい良い歌だと思っていたら、メロディーがだんだん怪しくなってくる。怪しいと思っていたら口をつぐんで、不意に、立ち止まった。

「ママ、あのお花取って」と、指さす。

指の先を見ると、民家の庭先にピンク色の山茶花が咲いている。その辺りだけにまだ夕暮れが訪れていないように、明るく、鮮やかに咲き誇っている。

「きれいねえ、でもあれはよそのお家のだから、取れないの」

「だって、おじいちゃんにお見舞いに持っていきたいなあ」と昂は山茶花を見上げる。

私はすぐに前言を撤回した。

「ごめんなさい、一枝いただきます」見えない家主に一礼して、枝を手折った。

立花は昂を子供のようにも、孫のようにも思っているといっても、かわいがるには身体がいうことをきかない。またそれ以前、少しは体力が残っていたときにも、子供をどう扱っていいのかわからないようだった。だが、立花の気持ちが伝わるのか、昂はいじらしく立花を大切に思っているようだ。手折った枝を渡すと、愛おしむように花に見入っている。私は思わずそんな昂を抱きしめていた。そして涙をこぼした。

その涙に私は我ながら驚いた。めったなことでは泣かない私が、こんな場面で泣けてくるのが不思議でしょうがない。が、ふと思い当たることがあった。私は異常なほどナーバスになっている。ついさっき、家を出たときに感じた違和感はそのせいだろう。

空気がすがすがしく浄化されたように感じたのは、立花と一緒にいる寝室が、重く沈んでいたせいだと、今更ながらに気がついた。話で盛り上がっていても、閉め切られた部屋には死に瀕した病人の匂いが染みつき、帰らない日の思い出だけがたゆたっている。

私は「死」と向き合うということは、こういうことだと思い知らされた。一方で、昴は間違いなく未来に向かって歩いている。その昴さえいれば、大丈夫、これからも立花を支えていける。

家に帰ると、立花は眠ってはいたが、その顔に疲労がありありと見える。ついさっきまで話に夢中になりすぎたせいだろう。昴に促されて、二人で山茶花を花瓶に挿して、そっとテレビ台の上に飾った。

最近になって、夜中に二、三度は立花の様子をうかがっている。この日も夜が更けてから彼の寝室をそっと開けた。すると、部屋が異様に明るい。テレビの明かりである。消し忘れたのか、あるいはテレビを観ながらいつの間にか眠ってしまったのだろう。山茶花がその明かりで幻のように不思議な美しさを放っている。テレビを消そうと寝室に入り、何げなく画面を観て、ぎょっとした。

テレビに映し出されていたのは、無修正のアダルトビデオだった。おそらく立花が、こっそり東京のマンションから持ち出したものだろう。それは私が初めて観た、そして想像したこともなかった、あられもない男女の絡んだ映像だった。

男の性への執念に身体が震えた。

テレビを消し、部屋から出ようとしたときだった。立花が私の腕を捉えた。私は私を捕まえた掌の力に、思いがけずも男を感じて、金縛りに遭ったように身動きできない。ようやく金縛りが解けたとき、彼の硬く食い込んだ指を優しく一本ずつ放し、蛍光灯を点けた。

私は光の中でパジャマを脱ぎ、肌着もかなぐり捨てた。

立花の目が潤んでいる。

私にはもちろん、二十代の若さはないけれども、このとき、なぜだか自分の身体が愛しいくらいに美しいと感じていた。私は自分の美しさを惜しむように、両腕を胸の前でクロスさせたまま、立花の前に立った。彼の目が私の首から胸へ、胸から恥部へと下りていく。そしてもう一度私の身体を上に辿り、胸元で止まる。私は両腕を解いた。彼の目は私の乳房に執着し、執拗に舐りつづけた。

「朱里」忘我の声を上げた。

十二月に入ってすぐに、立花は医者から「あと一ヶ月ないでしょう」と宣告を受けた。それは私にとって受け入れがたい宣告であった。立花が「余命は一年もない」と宣告されたのは五月である。だから「一年もない」という言葉を正確に解釈すれば、何の不思議もない。だが、私は「一年」という言葉にすがるように、来年の四月までは持つだろうと確信していたのだ。医者の宣告に全身から力が抜け、地に沈み込むような絶望感があった。立花がこの世界から消えてなくなる、想像するのも恐ろしかった。

あの夜を境に、私の立花への気持ちは変わった。以前の私は立花の死を丸ごと引き受け、死の痛みを共有し、そしてそれは彼の死とともに終了するはずだった。だが今は明らかに違う。私はきっと、彼の死後もいつまでも彼の魂を抱えて生きることになるだろう。

立花が愛おしくてたまらない。

だが当の本人はあと一ヶ月と聞かされて、いっそ、すっきりした表情を見せた。医者が帰ったあと、潤んだ目で私を見つめて言った。

「ありがとう」

それ以上の言葉はいらなかった。それは彼からたびたび聞かされる、どんな「ありがとう」とも違っていた。世界中に溢れかえったどんな言葉よりも温かく、愛おしく、重みがあった。

私は黙ったままで、何度も何度もうなずいた。

医者の宣告を裏打ちするように、それからあと、立花の容態はまったく油断できない状態になっていった。時に水さえ飲み込めないこともあったし、酸素吸入をしていても、「ア、ア、ア、カ、カ、カ」と、呼吸するのも容易でないようだった。

痛め止めの薬の力を借りて、とろとろと眠っている時間が多くなった。それでも、こんな死の淵に立たされた立花にも、生気を取り戻す時間はまだ残されていた。

「もう一度雪が見たかったなあ」

彼が唯一、執着を見せたのは、金沢の雪だった。

十二月初めにしては珍しく晴れた日だというのに、ふと目覚めた立花が、

「雪、降ってない？」と、すがるように目を泳がせる。

私はことさら縁側の障子戸を開けて、彼に雪の降っていないことを見せなければならなかった。

また早朝、立花が「七尾、七尾」と、私を起こす。そのころは二階の寝室を引き払い、

茶の間に寝ていた私は何事かと飛び起き、寝室の明かりを点けると、

「七尾、雪だよ、雪」と、衰えているなりにも興奮気味に言う。

「昨夜は本当に雪が降ったんだ。本当だよ。それも大雪だ。だってしずり雪の音がしたんだ、間違いないよ」

「しずり雪？」

「ああ、木の枝から雪がね、落ちる音がしたんだ。その雪をしずり雪って言うんだよ」

訝しく思いながらも障子戸を開けると、空はまだ暗く、寝室の明かりを頼りに庭を見ると、雪の気配もない。縁側から冷たい風が流れ込んだ。

このころからだったろうか、立花は少しでも気力があると、自分の葬儀について話すようになった。

「まだ若い七尾に葬式を仕切らせるのは心苦しいけど、よろしく頼むね」

私に金沢の地図を買ってこさせると、その地図を開いて、東山にある立花家の檀那寺の法勝寺と、墓のありかを教えてくれた。

「僕の葬式には誰が来てくれるだろう。東京からね、ラークトラベルの誰かが来てくれたらね、ホテル代と交通費はこちらで持ってくれないか？」

そう言って眠り、眠りから覚めると、

「僕の葬式にね、ジャズを流してほしいなあ」そう言ってまた、眠りに落ちた。

それにしても、立花が葬儀場の下見に行くと言い出したときには、唖然とした。しかも車椅子で行きたいと言う。

「車椅子なんて、冗談じゃないですよ」

葬儀場は歩いて十五分ほどの近場にあったけれども、このごろは寒さも尋常でない。瀕死の立花をどうして寒風にさらすことができるだろう。

だが、どうしても彼を押しとどめることはできなかった。

葬儀場に行くと決めた日は、この冬一番に冷え込んだ。日延べを提案したけれども、彼は一日たりともおろそかにできないようで、あとに引かない。また、身体の衰えよりも精神力が勝るのか、最近になく元気な様子を見せるのである。

それで私が折れて、立花を完全防寒で仕立て上げた。パジャマの上からセーターを着せ、セーターの上からダウンジャケットを着せて、頭には急遽買い求めた毛糸の帽子をかぶせた。それでも足りないので、車椅子に座らせてから、毛布でぐるぐる巻きにすると、さすがの立花も、

「これじゃ、まるで簀巻きじゃないか」と苦笑いをした。

ポシェットタイプの酸素ボンベをぶらさげ、酸素吸入をしたまま車椅子で外に出た。するとと立花はこれが見納めだと思うのであろう、私にぐるぐる巻きにされているので、不自由ながらも目をきょろきょろさせているようで、頭がしきりに動く。

車椅子が大通りにさしかかったときだった。

「七尾、雪だよ、雪」突然叫んだ。

空を見上げたが、雪など降っていない。また、例によって彼の空想かと思っていると、私の目にも一ひらの雪が映った。そうして一ひらが二ひらとなり、とうとう雪が舞いだした。

「七尾、雪だね」

立花が身をよじるので、毛布を少し剥いで彼の手を自由にしてやった。

「七尾、楽しいね、まるで雪の日のピクニックだね」

彼は車椅子の上で身体を揺すり、肘掛けをバンバンたたいて、喜びを表しているようだ。そうしてできるだけ多くの雪を受け止めようとするのか、顎を突き出し、空に向かって顔を上げる。

雪はその顔に、しきりに降りかかっていた。

（了）

あとがき

私が小説を書き始めたのは、30歳を少し過ぎたころからでした。それから四十数年、こつこつと小説を書き続け、時間はゆっくり過ぎていきました。一方、私の未来は恐ろしい速さで進んでいく予感がします。だからこそ、ここでいったん立ち止まり、「しずり雪」を上梓することに致しました。これまでに私とゆっくり歩んでくれた夫が描く一枚の表紙絵と共に、私の生きてきた証を残せることに望外の喜びを感じています。

出版にあたり、ひとかたならぬお世話になった増川薫子さんに深く感謝申し上げます。

小網 春美　●こあみ はるみ

１９４７年　金沢生まれ
高等学校非常勤講師として30年間勤務
２００８年より金沢文芸館で「小説入門講座」の
講師を務める
同人誌「北陸文学」などを経て、２０１９年より
「飢餓祭」の同人となり、現在に至る
２０２１年「しずり雪」河林満賞受賞

しずり雪

２０２３年３月20日　第１刷発行

著　者　小網春美
発行者　能登健太朗
発行所　能登印刷出版部
　〒９２０-０８５５ 金沢市武蔵町７-10
　ＴＥＬ ０７６-２２２-４５９５
　ＦＡＸ ０７６-２３３-２５５９
　URL https://www.notoinsatu.co.jp/
デザイン　西田デザイン事務所
印　刷　能登印刷株式会社

落丁・乱丁本は小社にてお取り替えします。

ISBN978-4-89010-822-0